说宁波话的上海人

沈轶伦 著

宁波出版社

序：十个人，十座浮桥

毛 尖

1988年来上海读大学前，我一直待在宁波，虽然寒假会跟父母到上海看爷爷奶奶，但主要性质是旅游。小时候爷爷带我到国际饭店，我上上下下电梯坐了有十来趟，回到宁波跟邻居小朋友反复炫耀，让姐姐鄙夷了一句：那你别回来啊。

家是要回的，但是天天黄昏天天清晨，听着几百米外轮船码头的汽鸣声，想着又一船人出发去上海，又一船人从上海回来，会莫名觉得，上海就是宁波的亲人。

应该就是亲人吧。一半上海人祖上有一个宁波人。我到华师大上学当晚，跑到学校后门用宁波话买小馄饨，阿姨很亲切地叫我"小宁波"，她看我狼吞虎咽完馄饨，转手送了我一个生煎，说，吃饱就不想家了。那个生煎我低头吃了很久。但并不是所有的外地人在上海都会被馈赠一个生煎，我们宿舍的云南同学买回来的脸盆就比我贵了一块钱，她喝着上海的热水，生气地说，一股味道。

宁波人吃不出上海自来水的漂白粉味道，宁波人在上海买东西也不会被多收一块钱。上海人遇到宁波人，总要秀几句宁波话，"阿娘阿爷""黄鱼鲞""咸齑蟹"。美食就是乡愁纪念碑，听到"咸齑蟹"，就差不多像"鸳鸯茶，鸳鸯茶，你爱我，我爱你"一样接上头了。所以，二十世纪，上海人确实有浓浓的高人一等感，不过对宁波人，也确实一直很友好。去同学家里吃饭，她的外婆会特意拿出自己腌的咸菜，让"小宁波"评评是不是足够地道，然后在黄昏的阳台上，对着我挥手，下次来吃咸菜梅鱼。

在上海待久了，慢慢也就讲上海话，本来宁波话和上海话就是方言里的直系亲属，很容易串联。不过，我同学的外婆听我变了口音，有点惆怅，说，小宁波，你怎么讲起上海话了。我切换频道，变回宁波话，外婆高兴了，说，蒋介石啥都不好，一辈子宁波口音，倒是好的。宁波人的家乡执念，是一种傲娇吗？我说不上来。不过这么多年关山飞了无数重，有一次在波士顿的公共汽车里，坐我对面的一个华人老头突然问我，你中国来的吗？我说是啊，上海来的。他整个脸都亮了，说："我宁波人，上海贴隔壁。"

我说，哎呀其实我也是宁波人，不过在上海待久了。老头霍地站起来坐到我旁边，说，宁波小娘啊，跟我讲讲宁波，灵桥还在吗？鼓楼、天封塔、城隍庙、天一阁都好好的吧，世界上最好的地方就是我们宁波啊！

老头一路陪我坐到家门口，跟我回忆了从前过江要经过浮桥，大风大雨的时候，那个怕呀，但现在做梦都想重新走一遍家乡的浮桥。宁波的浮桥，当然现在都变成了坚固非凡的彩虹桥，不过，老头把鼻子都贴到车窗上和我告别的时候，我突然觉得，这些散落在天涯的宁波人，不就是宁波在这个世界上的浮桥吗？他们从宁波的浮桥出去，长风千里，星辰万斗，可能十年二十年都没遇到过一个家乡人，但是，十年二十年，他们改不了他们的宁波胃，改不了他们的宁波腔。岁月花开叶落，最经常梦见的还是少年时候的上学路，转出槐花簌簌的巷子，就是甬江，风大的时候过桥，总要下意识地弯着腰。冬天结冰的时候，要手拉手上桥。夏天最好，有人钓鱼有人乘凉，一整座桥就是宁波的会客厅，孩子奔跑，恋人吵架，全世界蜂拥而至，一溜年轻人怀着壮志在桥上席地而睡，梦里自己变成了鱼，游到世界之巅。

宁波人就这样从桥上出发。上海的宁波人数量在全球仅次于宁波。这本书就讲了其中十个宁波籍上海人的故事。沈轶伦是上海最好的文化记者,她有一种钩沉你箱底故事的能力,书中的十个人,面对好看诚恳的作家记者,都缴了械,松了绑,交出了自己的初心记忆和厮杀故事,而每一个故事,都内置了一个"双城记"。我的理解是:十个人,就是十座浮桥,他们在时间的河流里,接通了宁波和上海,和世界。

少年时候去上海,要一整个晚上,现在,两个小时就从上海进家门了。其中的沧海桑田,从宁波走出去的人,会特别有感触,因为我们听得出鱼跃出水面的声音,我们一路走过的青青田野,变出了我们桌上的稻米,我们可能是中国人中最务实的,但也是最深情的。远山长,云水乱,重重似画,曲曲如屏,万水千山走遍,梦里靠岸的,终究还是宁波码头。

(毛尖:宁波人,作家,华东师范大学教授。)

目　录

001　含着银勺出生的人
　　　上海总商会旧址　严幼韵

019　从复旦大学俯瞰叶家花园
　　　叶家花园　陈尚君

037　万竹街往事
　　　南市　孙重亮

055　从外滩绘出世界
　　　北京东路转角　陈逸飞　陈燮君

071　愚园路上的阿姨
　　　愚园路　徐锦江

089　江水漫过董家渡
　　　董家渡　李良荣

109　光明邨的风与味
　　　光明邨　马尚龙

127　宁海路上的老灵魂
　　　宁海路　舒悦

143　张家宅的海上新风
　　　张家宅　邹逸麟　邹振环

161　从银楼里走出的大小姐
　　　银楼　裘索

含着银勺出生的人

—上海总商会旧址—

严幼韵（1905—2017）：宁波商帮开路先锋严信厚孙女，外交家顾维钧妻子。

2017年美国东部时间5月24日,严幼韵在纽约住所去世,享年112岁。据说去世当天,她不过有点贪睡,想赖一会儿床。然后她就走了。命运对她的某种偏爱,持续到她生命的最后一刻。她始终保持着惊人的好体力和清晰的思维。之前每每有客人来访,她必穿旗袍戴珠宝,做好头发,涂好指甲油。甚至在严幼韵111岁生日派对上,穿着高跟鞋和红色旗袍的她还在问:"为什么没有人请我跳舞?"于是当晚,她在小女婿的邀请下翩翩起舞。

在她去世之际,网络上铺天盖地的文章,让更多人知晓了这位旧上海名媛。她被称为上海滩最后的大小姐。她的身份,满足了人们对往昔名门贵族的所有想象。这些标签包括:上海复旦大学第一届女学生,著名外交家顾维钧的妻子,美国百人会第一任会长杨雪兰的母亲。

有钱又漂亮,嫁得好又长寿,还有一个包括宋美龄的外甥女孔令仪、知名建筑师贝聿铭等名流在内的朋友圈。这些元素,足够她成为新时代的网络红人。而其实,她多姿多彩人生的基石,她一切传奇的开篇,都离不开这一个身份——旅沪宁波籍商人严信厚的后代。

几乎每一本提到甬商的书,都绕不开严信厚(1838—1906年)。他被称为中国近代企业开拓者之一,"宁波商帮"的开路先锋。他在上海创办"源丰润票号",分号遍设天津、北京及江南各省重要城市。他担任第一任会长的上海总商会——这个日后对上海经济界产生巨大影响的商会,在其初始阶段,几乎是宁波人的天下。

在《上海通志》里,关于严信厚的介绍如下:"清浙江慈溪人。字筱舫。少时于浙江宁波恒兴钱肆学业。旋至上海,在宝成银楼任职。"像无数那个年代的宁波商人一样,严信厚出身寒微,从学徒开始,逐步走向广阔的舞台。

同治初年,崭露头角的严信厚经"红顶商人"胡雪岩介绍由贡生入江苏巡抚李鸿章幕,随军攻占浙江湖州。李鸿章出任钦差大臣镇压捻军,严信厚被委任为驻沪襄办,转运饷械。山西、河南饥荒,严信厚又奉令往来津、沪,筹办赈抚,后任河南盐务督销。

清光绪十一年（1885年），严信厚管理政府垄断的长芦盐业，从此飞黄腾达。严信厚以盐务起家，经营商业，积累巨富。后在上海及宁波等地创办和投资宁波通久源轧花厂、通久源纱厂、通久源面粉厂、上海中英药房、上海华兴水火保险公司、上海源丰润银号等企业。他投资银行业，任中国通商银行总董。光绪二十六年（1900年），严信厚接受盛宣怀授意，邀集上海各行商议组织总商会。光绪二十八年（1902年），上海商业会议公所成立，严信厚任总理。光绪三十年（1904年），公所改名上海商务总会，他又任总理，即以后改称的上海总商会第一任会长。

所谓"积累巨富"，究竟有多富？看看严幼韵对童年居所的介绍，或可知一二。

严幼韵在109岁口述回忆时，这样描述她出嫁前在上海的住宅：这是一幢位于今静安寺地区的宏伟住宅。花园院墙绵延静安寺一带的半个街区和地丰路（今南京西路乌鲁木齐北路）的整个街区。其中的大房子有三层楼高，每个楼层都有二十多个房间。仆人都住在后面的小房子里。家里有能容纳六辆汽车的车库和马厩。除了印度籍的门房和中国籍的保安、司机和清洁工，家里的每个孩子都有自己的奶妈，成年人都有自己的女仆，每个小家庭都有自己

上海总商会旧址,位于上海北苏州路470号(沈轶伦/摄)

的厨师。女孩们未出嫁前，在家每天都有裁缝上门，新衣服多到从来不穿第二次。

而这仅仅是严信厚名下房产中的一部分。

严信厚在北京、天津、上海、宁波、福建、广东都有房产。1905年严幼韵出生时，全家住在天津。之后不久，全家迁往上海。严幼韵的姐姐彩韵和莲韵都进入教会学校上海中西女校，严幼韵也在上海读了幼稚园。虽然之后严幼韵又随父母在天津生活了几年，但全家的重心渐渐稳定在上海。

这个选择，从地理空间上看，也符合这个宁波家庭的出身。留在上海，从某种意义上说，就没有远离祖籍地。

严幼韵出生后不久，严信厚去世，作为小孙女的她很难说对祖父、对宁波有什么印象。但祖父的故事、祖籍的分量，以及宁波人的规矩，始终在家族中口口相传。

严幼韵记得：祖父生性慷慨，热心于慈善公益事业，曾捐巨资给政府的重大工程项目，包括助建塘沽铁路和宁波铁路。虽然事业版图已经远远超越宁波，但严信厚在宁波费市村外的广阔农田上建造了一幢占地颇大的二层楼房，偶尔回去的时候会住在那里。除此之外楼内还有供奉祖宗牌位的祠堂，以及管家的办公场所。管家不仅要监督农田的耕种，在收获季节还负责为严氏家族成员分配粮食。那里还是义塾和芝生痘局所在地，为村民提供免费教育和水痘疫苗。

在严信厚去世后，这个在生活习惯上其实已经相当洋派的家庭，还保持着对宗族传统的敬意。严幼韵的父亲严子均，秉承严信厚遗愿，将部分遗产用于继续拓展在费市村的慈善活动，并为约翰·格兰特医生主持的宁波教会医院捐资。

生在时代转折之际，又身处这样庞大的家族，严幼韵和她的姐妹们的成长轨迹，注定有别于同时代大门不出二门不迈的闺阁小姐。

1925年，严幼韵从天津中西女中毕业，从此回到上海，先后成为上海沪江大学和复旦大学的学生。她的到来，几乎让全城的男生有了玫瑰色的期盼。两校都是第一次招收女生。在复旦大学，严幼韵虽然名为住校生，但一天一套新衣服，随行有一个女仆，此外父亲还给她配了一辆别克、一个专属司机和跟班。这在当时仅有一百辆汽车的上海实属开风气之先河。这辆车的车牌号是84，久而久之，就被沪江大学和复旦大学情窦初开的男生们用英语谐音念成了"爱的花"。

上海总商会门口的台阶（沈轶伦/摄）

严子均为自己子女择偶自然也要门当户对。严幼韵的大姐彩韵嫁给了生物化学家吴宪，二姐莲韵的丈夫徐振东是银行家，幼韵的第一任丈夫杨光泩出身大丝绸商家庭。时隔近一个世纪，回头翻阅他们的生活照、家庭合影和婚礼上的照片，依旧能感受那份荣华富贵。

毋庸置疑，他们是一群含着银勺出生的人。

1929年，严幼韵在当时沪上最好的大华饭店举办了盛大婚礼。不久严幼韵随被外交部任命为驻欧洲中国特派员的丈夫杨光泩旅欧赴任。虽然从此她离开上海的时间居多，但她将上海作为人生的一部分财富，始终随身携带。

严幼韵和杨光泩陆续生了三个女儿。这对小夫妻非常俏皮地将孩子的出生地嵌入名字。生大女儿时在日内瓦雷蒙湖边，因此大女儿叫杨蕾孟。生小女儿时在法国塞纳湖边，因此小女儿叫杨茜恩。而1935年严幼韵准备生二女儿时，夫妇俩恰好回到上海。尽管挺着孕肚，每夜严幼韵夫妇不是在国际饭店就是在百乐门跳舞，要不就是去赛狗场或者回力球场看比赛，周末总是在虹桥乡村俱乐部和朋友用餐、打高尔夫、打麻将。5月，二女儿出生，本来按照习惯，要用黄浦江给孩子取名，但这年好莱坞童星秀兰·邓波尔的电影风靡全球，因此二女儿取名叫杨雪兰。

1938年,杨光泩出任中华民国驻菲律宾马尼拉总领事,随行的严幼韵和三个女儿被直接卷入太平洋战争。在日军占领马尼拉后,杨光泩和七名中国外交官因为拒绝与日方合作而遭杀害。久久未能得到丈夫消息的严幼韵,带着一群外交官太太和孩子苦苦支撑到战争结束。经历人生至暗时刻后,严幼韵带着三个孩子赴美定居,她以40岁的高龄在联合国礼宾司任职,后来改嫁给著名外交官顾维钧——也是一个上海人,从此长居纽约。

从宁波出发,到上海,再从上海出发,到欧美,这个家族用了半个世纪的时间进行了传奇的迁徙。虽然从此整个大家族以美国为生活基地,但冥冥之中似有安排,生在上海的杨雪兰,成为家族这一代子女中第一个回到出生地的人。

成年后的杨雪兰,1955年从美国卫斯理女子学院经济系毕业,不久进入格雷市场策略公司工作。20多年来,杨雪兰在市场推销和广告方面成绩斐然,晋升为该公司高层。她曾荣获多项国际大奖,并被誉为国际广告专业中少见的亚裔女性奇才。1988年6月,她出任美国通用汽车公司副总裁,主管消费市场开发,成为这家公司历史上第一位华裔副总裁。也就在同时,杨雪兰与贝聿铭、马友友等知名华人精英有感于美国社会对华人的刻板印象甚至歧视，决心一起创办美籍华人精英组织"百人会"，致力于中美艺术和教育交流。杨雪兰成为"百人会"的第一任主席。

面对祖辈出发的起点，面对自己的出生地，对童年后就几乎没有再回来过的杨雪兰来说，这意味着什么呢？

用一个小小的事例来说明吧。改革开放后，杨雪兰开始回到中国寻根。1980年7月，杨雪兰从美国到上海，她的姑父、杨光泩妹妹的丈夫张锐带她去看一个和他一起走过"文化大革命"的朋友。杨雪兰记录道："老先生住在弄堂里，破破烂烂的三楼，灯光也很昏暗，天气很热，他穿着背心短裤，拼命扇扇子。饱经风霜的脸上刻着岁月的痕迹，很显然吃过不少苦。姑父介绍说我刚从美国回来，并且提到了母亲的名字。老人的脸一下子亮了起来：'噢，你就是84号的女儿？'在我点头之后，老先生一下子容光焕发，'你母亲可是全上海大学生的偶像。我们天天站在沪江大学门口，就为了看84号一眼。看到的话会兴奋一天。'"

1980年的上海，似乎还在沉睡，街道安静，没有父母描述中的热闹生气，人们都穿着黑白蓝三色衣服，举止拘束。但杨雪兰知道，这座城市是在蛰伏，它依然拥有化腐朽为神奇的力量。曾令她的曾外祖父缔造商业传奇，曾令她年轻时代的母亲倩影风靡的上海滩，这座城市潜力巨大，也即将再次绽放光芒。此刻，是她这一代人需要出力并见证的时候。

在杨雪兰11年的"通用"生涯里，她领导并参与了通用汽车在中国投资的上海通用汽车公司的"别克"轿车项目，并促成上海通用创造出开工当年盈利的业界传奇。此后更多的时间，她以文化使者的身份频频出现在上海。她在美国的家，成为中国年轻音乐家、导演、演员在美国的另一个家。很长一段时间，我常常能在上海音乐厅、上海交响乐乐团的演出观众席上，看见她的身影。

杨雪兰在上海的常住地，是位于锦江饭店内的一间套房。这是上海最老牌的酒店之一。她用中国元素的绘画、雕塑，点缀着房间的各个角落。我在2018年时前去拜访，当时她正和一群艺术家策划，准备为她的继父、外交家顾维钧举办一场纪念其130周年诞辰的音乐会。

1919年，第一次世界大战结束，顾维钧作为中国代表赴巴黎参加巴黎和会，据理力争山东归属问题，面对损害中国主权的和约，代表团最终拒签。顾维钧曾告诉杨雪兰："这天清晨，我驱车缓缓行驶在黎明的晨曦中，

昔日上海总商会旧址背后,新一批高楼拔地而起(沈轶伦/摄)

我觉得一切都是那样黯淡——那天色、那树影、那沉寂的街道。我暗自想象着和会闭幕典礼的盛况,想象着和会代表们看到中国代表座席上空荡无人时,将会怎样的惊异和激动。中国的缺席必将使和会,甚至使整个世界,为之震动。"

这样的继父,用来自故乡的一份骨气,持续影响着幼年丧父的杨雪兰。因此这个家族,虽然在二战结束之后久居美国,却将自己的华裔特色保存得非常完整。

杨雪兰告诉我一件小事:1966年,顾维钧从任职了10年的海牙国际法院退休,从此在美国纽约专心和太太严幼韵享受天伦之乐。一次,全家计划去南美旅游,但顾维钧没有护照。家人建议他去联合国申请"无国籍"证明。顾维钧严词拒绝了,他说:"我怎么是没有国籍的人呢?我一生都是中国人。"最终,曾走遍大半个世界的顾维钧,再也没有出国旅行。

时光倒流。当这个家族还几乎没有人走出国门的时候——

1929年9月8日,上海的大华饭店。24岁的严幼韵出嫁了。

这家饭店,也是1927年蒋介石与宋美龄举行婚礼的地方，是昔日上海著名的豪华场所。在如今还存留的照片里，可以看见它是一座西方古典式的建筑，三段式的古典主义立面，中间有爱奥尼式双柱廊，屋顶正中有巴洛克曲线装饰。建筑的东西两端屋顶上还装饰有圆形小穹顶。饭店中间的舞池，可以容纳千人同时联欢。

姐姐严莲韵是严幼韵婚礼的首席伴娘。严府为此忙翻了天，裁缝天天流水一样进门出门，不断裁剪衣服、改制衣服。银子也花得如流水一样。新郎杨光泩只有一句话："一切都要用最好的。"新娘和伴娘们准备烫头发、化妆、试旗袍、挑选花束，严幼韵还亲自给伴娘们设计鞋子、涂指甲油——好像这是天底下最最要紧的事情，好像这些都是性命攸关的事情。

这一年，距离第二次世界大战爆发还有 10 年，距离新中国成立还有 20 年。大华饭店和严宅都还固若金汤地作为上海地标存在着。婚礼合影照片上的严信厚第三代的孩子们不过才 20 岁出头。他们未来人生即将见证的天翻地覆的变化，大概当时即便有人预先说给他们听，他们也不会相信。

今天，沿着南京西路，从静安寺原严宅所在地走到江宁路原大华饭店所在地，大约有地铁一站路的距离。

"浪奔,浪流,万里涛涛江水永不休……"黄浦江边陆家嘴群楼(赖鑫琳/摄)

严家的豪宅今天变成了什么建筑,已经无从考证。触目所及,都是新建的楼盘和商务楼宇。至于大华饭店,早在20世纪30年代初,因为上海需要修筑大华路(今南汇路)和麦边路(今奉贤路)而被改建,从此彻底消失。唯一站立在街角的,是后来建造的美琪大戏院,它用了和大华一样的英语名字,Majestic。

  一个采取了意译,一个采取了音译。却像两段关于上海的故事,在交错的时空里,鸣奏出同一段乐曲。

从复旦大学
俯瞰叶家花园

— 叶家花园 —

陈尚君：浙江慈溪人，1952年出生于江苏南通。1977年进入复旦大学，现为复旦大学中文系教授。

大约在1962年,当时刚过10岁的陈尚君第一次随父亲来到上海。

大城市的道路比家乡南通复杂多了。但父亲穿街过巷,显出熟稔。

那次到沪,是为了参加祖父陈云林80岁冥寿纪念。陈尚君见到了五位父辈亲属、他们的家庭成员以及许许多多堂兄弟姐妹。大家都在延安路福建路口祖父生前居住的石库门里,为这位已逝的大家长齐聚一堂。

那次到上海还做了些什么事,陈尚君已经不记得。只记得上海的棒冰又硬又好吃。卖棒冰的小贩,有节奏地敲击木箱揽客的声音,过了半个多世纪,还留在陈尚君的脑海里。

陈尚君当时没有去留意,为什么只有自己一家是住在南通,而家族其他亲戚都在上海,又为什么所有成员分居这两个城市,却都强调自己是宁波人。

要成年后很久,他才开始梳爬,这个普通宁波人家在上海的故事,一直爬梳到祖父陈云林进入上海的那一刻。

1911年,帝制结束,一个新的时代开始了,这也意味着一种新的秩序的开始。当曾经恪守的祖祖辈辈不离故土的生活方式,不再是必须遵循的教条时,陈尚君的祖父陈云林用脚步做出了回答:他离开了老家宁波,到上海,进入一家同乡开设的药材店。

此时的上海,对宁波人来说,已经不是一片陌生的土地。

1909年,根据《上海通志》资料显示,慈溪洪斋集合数十人于上海汉口路创建四明旅沪同乡会,不久会务中断,宁波施峏青联合同乡绅商钱达三、朱葆三等于次年4月复兴同乡会,并改名为宁波旅沪同乡会,1911年2月在四明公所成立,李征五、虞洽卿、朱葆三为正副会长。当时在沪同乡会发起或成立时都订有章程。宁波旅沪同乡会就以"团结同乡团体,发挥自治精神"为宗旨,在沪开设医院、设立学校以帮助同乡患者和教育同乡子弟,并且还开展为同乡排难解纷、传播工商业知识、救济失业同乡等事务。

陈云林初到上海，眼前虽是异乡，一切却并不太陌生。因为在药材店里工作的人，上至老板，下至伙计，都是宁波人，甚至来往的同业者也几乎都是宁波同乡。这种生活模式，让初来乍到者安心，一来不必改换乡音，二来饮食习惯也可照旧。一旦能在异乡立足，闯荡者几乎约定俗成地都会回乡娶妻生子，再慢慢把妻小接到上海，然后子承父业，或提携族中子弟入职，直至最后家族繁衍与行业发展完全重叠。

陈云林所见的药材店，也是当时整个上海商界中宁波族群的缩影。

自从1843年上海开埠之后，这块与家乡临近又与众不同的创业热土，不断吸引宁波人前来。资料显示，1911年至1937年这一阶段，成为宁波商人在上海的鼎盛时期之一——20世纪30年代有人统计上海的工商业名人，在1836人的名单中宁波籍人士有453人。在上海的晋、徽、闽、粤、甬五大商帮中，宁波人成为沪上毋庸置疑的第一大商帮。

药材业是宁波商人一贯经营的传统行业。由慈溪商人占主体的甬籍药材商往来南北，贩运药材。其中有创设于乾隆四十八年（1783年）的童涵春堂国药号，前身是竺

窗里窗外(沈轶伦/摄)

涵春药店，后因经营不善，出盘给宁波商人童善长，并将店名改为童涵春堂，1937年在大世界游乐场西开设分号。还有慈城人冯映斋创办的冯存仁中药店，冯家早在康熙元年（1662年）便在宁波又新街开设了冯存仁药店，同治元年（1862年）冯家以6万元资本在上海汉口路昼锦里开设冯存仁分店。此外还有慈溪人徐之萱1920年在派克路（今黄河路）创设的"浙东良医徐重道国药号"，由宁波人乐达仁在大马路抛球场（今南京东路河南路口）创设的"京都达仁堂乐家老药铺"。[1]

像无数前辈和同辈一样，祖父陈云林在岗位上勤勉谨慎，以一己之力，慢慢在药材店站稳脚跟，接二连三将家人带到上海，并过上小康生活。到了20世纪20年代，陈云林曾担任胡庆余堂的外寮告（相当于外销主管），经手的都是名贵滋补药材，每年有一千多大洋收入。

陈云林对自我身份的认同，并不是上海人，而是宁波人。像当时所有和家乡保持联系的移民一样，陈云林也一直资助家乡的慈善工作，包括捐助义田等。陈尚君找到过记载祖父义举的碑刻，至今还留在宁波。

---

[1] 李珹：《上海的宁波人》，上海人民出版社2000年版，第133页

在祖父之后，陈尚君的大伯父陈孝权子承父业，继续以宁波子弟身份进入这家药材店工作。看上去，一切只要按部就班复制前辈脚步就行。但，战火烧起来了。

1931年九一八事变后，旅沪各同乡团体代表即于9月25日在宁波旅沪同乡会集会，提出十项抗日救国方案。30日，各同乡会假宁波同乡会会址举行第二次代表大会，公推郑文同（绍兴）、董心琴（宁波）、郑正秋（潮州）、李振亚（安徽）、曹志幼（徽宁）为主席团成员。大会通过十项决议，其中包括呼吁支持各地民众抗日救国运动及其组织等。1937年八一三事变后，宁波旅沪同乡会募捐167989.7元，在沪设难民收容所14处，在宁波设1处，还租用4条轮船行驶于沪甬之间，免费遣送同乡20余万人回乡。此后又陆续免费遣送82252人。

抗战初期，沪甬间航轮每天多达20余艘，日运输量一万余吨，可见两地关系之密切。上海在这一阶段兴起的许多著名工厂和商店，如宝大祥、信大祥绸布店，亨得利钟表店，春和永呢绒店，三阳南北货店，大中华火柴厂，五洲肥皂厂，大中华橡胶厂，中国化学工业社，国药业"四大家"——胡庆余、蔡同德、童涵春、冯存仁，还有祥生出租汽车公司，都是宁波人开设的。尤其是当时上海

陈尚君外公一家20世纪40年代前期合影于上海,左为陈尚君母亲邵桂珠(陈尚君提供)

的金融业，宁波人居于举足轻重的地位。据1941年的一项统计，宁波人在上海开有安康、福源等钱庄14家，汇丰、上海等银号5家，中国通商、四明、中国垦业等银行17家，还有证券交易所14家。而宁波当地工商业的发展，也与在沪甬籍同乡的投资扶植分不开。宁波的一些较大的工厂和商店，都有上海甬籍同乡的投资。宁波工商企业在遇到窘境时，也常常得到上海甬籍同乡的支持。[1]

谙熟商业运行规则的宁波人，也明白鸡蛋不能放在一个篮子里的道理。由于担忧战火袭来，全家都在上海，不易分散风险，陈云林让小儿子陈孝良，即陈尚君的父亲，在20世纪40年代选择另一条道路——离开大城市，去南通学生意、当学徒。

同时从上海撤退去南通的，还有另一户宁波旅沪家庭。虽然当时，陈尚君的父亲还不认识这户人家，但冥冥之中，命运在等着他们。而他们的相会，造就了陈尚君生命的开始——生命树上的另一条线，便是陈尚君的外祖父母。他们也是宁波人，在1900年前后从宁波到上海谋生。陈尚君的外公，是20世纪30年代上海最知名

---

[1] 《甬沪唇齿相依》，《解放日报》1984年7月22日

的一家银楼里的工匠大师傅,专做高档首饰。到了20世纪40年代,陈尚君的外公外婆将六个孩子中的一个,留在上海照顾老人,然后带着其他几个孩子离开上海,也到南通工作。

在南通老天宝银楼里,陈尚君的外公继续担任工匠大师傅,陈尚君的父亲则是店里的小账房。同事加上同乡的情分,同样的上海情结,同样旅沪打拼又同样来到南通的经历,让大师傅把大小姐托付给了小账房,于是两家走到了一起。

像一股股涓涓细流不断奔腾向东,人们从宁波进入上海,又在时代的冲击下,被分成若干支流,各自向不同区域流淌而去。它们在前进的路上,交汇、分叉,彼此融合、分道扬镳,最终又各自流淌向各自的方向,停留在一处,沉淀下来,成为一洼池塘,或者渗入土里,或者继续流淌。

1977年,陈尚君考入复旦大学。家里最高兴的,就是父亲陈孝良。他说,"我们家终于又在上海有了一个据点"。像一条小河绕了一圈又回到主干道上,陈家这一房的子弟,又回到了清末祖父开始奋斗的城市。

在复旦大学最高建筑光华楼,推开陈尚君教授研究室的窗户，往北望去，就可以一览上海市肺科医院全景，再远一些，森郁青蔚的一片，就是沪上著名私家园林叶家花园。陈教授说："我在复旦四十年，也只进去过一次。因为是冬天，景色一片衰瑟，中式园林点缀西式建筑，占地闳敞，布局精致，施工讲究，处处彰显着主人的富有与品位。虽然已是近百年前所建，仍引人遐想主人之风神。"

叶家花园的名字，来自它的主人叶澄衷（1840—1899年）。叶澄衷本名成忠，宁波人，和陈尚君的祖父一样，他也曾是一个赤手空拳、背井离乡到上海打工的学徒。最后在上海，上演了一场"上海梦"传奇。他去世时，已经是上海华商首富。

陈教授为这位前辈同乡考证：

"叶澄衷成为当年上海华商首富，主要缘于其获得美孚石油在华十年之独家经销权，并采取一系列手段扩大市场。如他发明美孚灯（五六十年前仍在使用的小油灯），体积小，耗油少，买一听油送灯，可满足普通家庭一年的照明需求。规模扩大后，叶澄衷再涉足金融业，开办叶氏钱庄。到晚年，叶氏钱庄在全国有一百零八家分号，他的顺记号更是广布全国各大口岸和都会，经营范围包括五金、煤油、机器、钢铁、食品等行业，成为宁波商帮的领袖人物。

"叶澄衷的成功，原因很多。一是商业诚信，对外人与中国下层民众都一样。二是敏锐的商业悟性。他靠经销煤油发财，但当1882年电灯在上海出现后，他马上察觉到今后的变化，并自己生产火柴，当时叫洋火。三是立足上海，开发内地市场。四是寻求官方支持。当时捐官是合法的，他花三万大洋为自己捐了二品候补道，这样与官府打交道就不必低声下气，事情也好办得多。"

在蔡元培和俞樾为叶澄衷撰写的墓志铭中，我们看到这位在上海甫一开埠就来这里白手起家的华人首富更多的细节：

叶澄衷是浙江镇海庄市乡之农家子，家里世代务农，十分贫困。大约在他8岁（一说6岁）时父亲病故，母亲洪氏艰难持家，靠着8亩田，日耕夜织，养活5个孩子。叶澄衷9岁开始到村塾读书，因为付不起学费，最后只能辍学。11岁时，他到邻居家开设的油坊当学徒，辛苦工作一年后，收入"惟钱一缗、薪一束，负而归"。收入微薄不说，在工作了三年后，有一次他被老板娘羞辱一番，愤而离开油坊，回家陪母亲和兄弟耕种。有个姓倪的老翁，当时已经在上海工作，见叶澄衷可怜，问他要不要到上海去。母亲洪氏明白，这是儿子唯一的出路，但因为实

城市的建筑,似乎人人看得到,但里面的情绪,却只收拢归屋里人(沈轶伦/摄)

从复旦大学俯瞰叶家花园

在拿不出钱来,就指着田里的青苗作为抵押,"得钱二千,始克至沪"。

到上海后,叶澄衷就在倪翁推荐的杂货店工作。"其时上海已为互市之地,黄浦江中轮舶帆船相属不绝。"叶澄衷黎明即起,驾小舟载货出发,"鹭于舳头舻尾间",晚上回到杂货铺,还要打扫卫生、煮饭做菜,辛苦不已。等手头略有积蓄后,他就离开杂货铺,独自租赁一舟,在黄浦江上摇舢板,载货载客。一个关于他起家的故事是:

当时,聪明的叶澄衷看到外国商船云集,洋人的钱更易赚,于是拿出钱到夜馆参加英语"一月通"补习,稍知英语会话。据说他22岁时曾载英商过江,事后发现遗落装有大量外币、票证的皮包,乃坐候英商来取,并拒绝酬谢。英商深受感动,留下地址,并介绍他可做五金生意。1862年,他在上海虹口开顺记五金洋货店,即向英商借款得到第一桶金,并从洋行进货,保证质量。从小五金做起,诚信加上勤奋,又善于经营,不久他就开了几家分店,扩大业务,经销煤铁与进口钢材,规模也越来越大。到他35岁时,更在引进灭火水龙、进口小火轮船、投资房地产等经营中扩大资产。

俞樾说他"初止一肆,以次开张,凡西人通商所在,无不有君之分肆。而君固已拥资亿万矣……其心计之精，规度之大，虽西商概不及也"。

但同时，他始终未丢宁波人抱团顾家的传统。在上海立足后，叶澄衷将母亲接到上海居住，直至她去世。兄弟姐妹去世后，他不仅"为置墓田"，还将子侄视若己出。出身贫寒的他，家里根本没有谱牒、没有宗祠，这些都从他开始创立。他在老家修路，建怀德堂，抚恤为他工作过的身故家贫的员工家属。"置田四百余亩，供祭祀牲醴粢盛，又以三万金建义庄……皆曰'吾母之志也'。"

陈尚君在 2017 年给《文汇报》撰写专栏《濠上漫与》时，提到自己看了《叶澄衷画传》[1]后，考证了叶澄衷的故事：

就在叶澄衷病危之时，所虑一是自己从小失学，要建立学校，让更多孩子有上学的机会。二是想到母亲病危时无从寻医，要儿辈在故乡建立好的西医院。他的五个儿子继承了他服务社会的精神。为学堂，他专留十万规银用于兴建，身殁后立即动工。工程过半，费用不足，长子叶贻鉴将自己分家所得全部捐出，顺利建成。宁波同义医院则

---

[1] 张立茂、胡志金著：《叶澄衷画传》，文汇出版社 2016 年版

在他身后近二十年方建成,定位为公益慈善医院,每周两天为贫民诊治,长期入不敷出,靠镇海籍商人捐助,坚持了三十多年。叶家花园为叶澄衷四子叶贻铨于1923年所建,本为江湾跑马场的夜花园,供马客休憩。但跑马场似乎命运多舛,仅有短暂辉煌,不久就因人声喧嚣,被英商所告,勒令停业。1933年,叶贻铨因仰慕老师——时任上海医学院院长颜福庆,将其捐赠给上海医学院作实习医院,后取名澄衷疗养院,即今肺科医院的前身。

回到复旦的光华楼尚未矗立在这里的日子,回到陈尚君尚未出生的日子,回到陈尚君的父母尚未因缘际会相识于南通的日子,回到一个叫陈云林的年轻宁波人刚刚抵沪不久的时候:

1922年2月,复旦从徐家汇迁到江湾。飞檐翘角的奕柱堂(今复旦校史馆)、简公堂(原复旦200号)和第一宿舍(今复旦相辉堂原址)等建筑矗立在走马塘畔,奠定了江湾复旦的最初版图。与之配套,在校园南侧还建造了一座古色古香的校门(位于今复旦正门西侧,2005年在原址复建)。然而,直到1924年,这座校门前还是一片荒野,无路可通。师生无奈,进出只得走后门(北门)。这扇后门有一条路,就在复旦迁入江湾时开筑,是江湾跑马厅业主叶贻铨建造叶家花园时开辟的煤屑路。一旁的煤屑路先后以叶氏路、澄衷路、叶盛路、政澄路命名,都与叶氏家族关联。新中国成立后,它的路名为政宁路,因与镇宁路同音,1980年被改名为政民路。[1]

就这样,在上海路名的密码背后,在建筑与建筑的兴替之间,一代宁波人将接力棒交到了新一代宁波人手里。

---

[1] 张国伟:《政民路与复旦后门》,《新民晚报》。2018年11月02日

万竹街往事

— 南市 —

孙重亮：1948年出生于上海。上海文史研究馆馆员，上海京剧院原院长，国家一级导演。

20世纪50年代的一个晚上,在万竹街46弄一间老式石库门的亭子间里,全家人惴惴不安地围在晚饭桌边等待着。早就过了父亲应该回家的时间了,可是父亲迟迟没有现身。

父亲在位于淮海中路近常熟路口的福和烟草公司分店做店员,每天从位于南市老城厢的万竹街的家出发,往返皆步行。因为是步行,所以上下班时间规律固定,可今天推迟太久了。这是上海普通人家还没有电话的时代,一家人不明就里,只能在家枯等,越等越心焦。

等到饭桌上菜都凉了,父亲终于到家了。一进门,他就深深叹了一口气,内疚地说:"今天实在走不动了,乘坐了3分钱的车。"原来这天父亲病了,回家时实在走不动了,所以最后才坐公交车回家。这辆无轨电车,从公司到家,单程票只要6分钱。但父亲舍不得回程全部坐车,硬是多走了几站路，算到剩余路程的车票只需3分钱时，这才上车。

那天，到家的父亲筋疲力尽，没有吃晚饭，进屋就睡。剩下的家人，既有等到父亲回家的放心，也有心疼父亲辛劳的辛酸，五味杂陈中，默默咽下了凉掉的饭菜。

这一幕，给当时不满10岁的孙重亮留下的印象太深。

3分钱，对这个家意味着什么？父亲的举止，虽无一言，却阐释了困窘的含义。而这份定义，像一块沉重的石头压在孩子的心头。父亲用自己的身躯扛起了生活重担，像扛起一道闸门一样，不是为了把孩子关在贫困的屋内，而是鼓励他们去呼吸外面的空气。从这个意义上说，一个男人不是一个普通为自己而活的男人，一个男人是长长的看不见两端尽头的链条上的一环，他同时是曾孙、孙、子、父、祖父和曾祖父。

那个夜晚，在饭桌边，父亲疲惫至极的呼吸声，全家人肃然用筷子搅动饭菜的声音，是贫寒的，也是坚韧的，是困苦的，但也是不抱怨的。这是童年教会孙重亮的事。后来他想，这就是宁波人过日子的精神内核。父亲承受了祖父每个决定的后果，而父亲也为子孙开创着未来的每一种可能。

一户普通家庭的发展,也可以是整个上海移民史的缩影。

20世纪初,坊间已有"无宁不成市"的俗语。极富商业头脑的宁波人,从上海各路移民中脱颖而出,在上海商界声名日隆。宁波人不仅精于生意,且非常注重伦理乡情,往往一个宁波移民在上海立足,会将原籍整个家族的人都带到上海来。一位来自宁波镇海的少年正是在亲戚的介绍下,到上海大马路(南京东路)165号福和烟草公司当学徒。当时,他不过十四五岁。他就是孙重亮的祖父孙显家。

镇海贵驷镇的东孙、西孙两村居民,大都是孙氏家族的后裔,过去按辈分分为"仁、义、礼、智,传、家、才、德,邦、和、利、世"。孙重亮的爷爷孙显家是"家"字辈,生于清光绪十一年(1885年),字荣庆,小名阿顺。他上有姐姐,嫁到镇海西港潭王家,下有兄弟,名叫孙钦家。孙重亮这一脉的房名叫"孙松房",堂名叫"萧凤堂"。

从孙显家开始,这户宁波家庭涉足上海滩。福和烟草公司由宁波人陈文基开设,孙显家与老板陈文基是远房表兄弟。进店是亲戚关系,也是老板和下属关系,更是师徒

今日万竹街区域（沈轶伦／摄）

名分,孙显家成了福和烟草公司的大师兄。

当时,是上海烟草业的上升期。两次鸦片战争失败后,鸦片一度合法化,仅上海租界内就有一千多家吸食鸦片的烟馆,老城厢九亩地一带的烟馆更是鳞次栉比。1906年9月,朝廷公布了光绪皇帝的一道禁烟上谕,定限十年内将鸦片"革除净尽"。1909年2月1日,在上海南京路外滩的汇中饭店(现和平饭店南楼)第一次召开"万国禁烟会"。1912年1月23日,各国代表又在荷兰海牙召开第二届"万国禁烟会",通过了《禁毒公约》。对鸦片的禁止,无疑给烟草业的发展带来了空间,各国名烟纷纷抢滩上海。福和烟草公司的业务迅速拓展,英美纸烟、古巴雪茄、丹麦鼻烟,无一不在福和烟草公司的经营范围之内。生意做大了,店铺增加了,员工的收入提高了,作为福和大师兄,孙显家的才能也得到了发挥,有了自己的积蓄,从老家娶来妻子。不久这个新上海人之家陆续添了6张小嘴。

为了让子女生活无虞,孙显家急于赚快钱,他将所有积蓄用来购买当时热销的"橡皮股票"。1910年,持股人倾家荡产者不计其数,一批知名钱庄接连倒闭,至1911年初,上海100家上市钱庄仅剩51家。最后孙显家血本无归。

失意的孙显家不及自怜,为了尽快填补投资失败留下的空缺,他离开福和烟草公司,跳槽去工资高但风险也较大的大丰洋行,在跑符拉迪沃斯托克(海参崴)的船上担任事务主任。只读过几年私塾的孙显家,随身抱着《华英音韵字典集成》,硬是学会了英语,还能每天用英语写航海日记。孙重亮儿时听家人讲述过这个故事:

有一次返航途中遇到特大风浪,见远处有几个因渔船沉没而落水的渔民在大海中挣扎。爷爷孙显家以强硬的态度,迫使船主前去救人,终于把这几个已经绝望的渔民救起带回上海。事隔不久,爷爷所在的船也遇到一次奇怪的事故,在茫茫大海中,锚链居然缠住了轮舵,船体顿时倾斜,全船人大惊失色,一片混乱。有几个船员对爷爷说:你行过善积过德,你的祷告最有效。于是爷爷跪在船上求告龙王爷,并许下大愿。突然啪的一声巨响,锚链崩断,船体恢复正常,全船人都逃过了一场葬身鱼腹的灭顶之灾。

恰逢俄国爆发十月革命,大批俄国贵族逃亡上海,孙显家所在航线的船票千金难求,也让跑这条线路的海员收入激增。三年的冒险使爷爷孙显家积攒了大笔资金,仅在

上海街角,每一个人都带着往事(赖鑫琳/摄)

奶奶手中的私房钱就有好几万大洋，孙显家带着一家人两次乔迁，先是搬到虬江路馨德坊，继而买下虬江边一栋带过街楼的石库门房子，楼上楼下全都配备了厚重的红木家具。同时，他又出钱让孙显家的父亲孙传财在老家宁波镇海贵驷东孙购买了一处三房一弄一厅堂的住宅（现为骆驼街道兴丰村禾丰后房25号）和6亩田地，给每个孩子都请了奶妈，并各备下一套宁波家具。孙传财于1921年去世，孙显家风风光光地为父亲办了葬礼，又打造了10张八仙桌、40条长凳，无偿出借。此外，他还出资，从禾丰后房修一条四五百米长的石板路，通往后江码头，在后江上架了座石桥，并在路桥旁立了几根石柱，上设天灯（一种点煤油的路灯），以照亮夜间行人。衣锦还乡的感觉，使他更加心高气傲。

此时，福和烟草公司的老板已把家业传给了儿子陈楚湘。陈楚湘掌管几年后，又聘任了曾是孙显家师弟的张绍栋担任总经理，他已不满足于经营外国的烟草，准备另行筹建华成烟草公司生产自己的品牌。福和的第一代职员全部入股，陈楚湘当然也不会忘记当年的大师兄，他亲自登门把华成烟草公司前景和盘托出，劝孙显家入股。可是孙显家婉言谢绝了。大起大伏两次后，孙显家再也不敢碰股票,但上海重商的氛围、不安定的时局,以及家累都在无形中催促他快赚钱、快赚钱。

随着第一次世界大战的结束,英国大丰洋行中断了符拉迪沃斯托克(海参崴)航线,孙显家只得到其他船上跑国内航线,顿时收入锐减。他不甘心就此败落,不断地寻找机会,却不料再次被命运捉弄。

华成烟草公司一经成立就于1924年出品了"金鼠牌"香烟,该公司是陈楚湘跟镇海同乡人戴耕萃等人合伙创办的。1925年上海爆发了举世震惊的"五卅惨案",从日本纱厂老板枪杀顾正红,到租界巡捕在南京路镇压示威学生,激起了全国各界的反帝浪潮。在抵制洋货的一致行动下,民族工商业得到了发展机遇,原来流行的英美烟草公司的"老刀牌"香烟,也被市民们贬为"强盗牌"加以抵制。华成烟草公司的"金鼠牌"香烟因此走俏,街上还出现了"金鼠牌"打倒"强盗牌"的漫画。以后华成烟草又生产了"美丽牌"香烟,也同样闻名于世。福和烟草公司的第一代职员都成了华成烟草公司的股东,而唯独他们的大师兄——孙显家,却与"金鼠牌""美丽牌"失之交臂。

看到昔日弟兄们的成功,孙显家产生了一种紧迫感,他急于创办实业。此时,他在轮船上结识了一位福建常客,此人名叫林洪斌。两人经常彻夜长谈,这位林先生说起腐败的政府切齿痛恨,谈起实业救国掷地有声,纵论各国经济头头是道,分析船政航运事事门清,他操着一口浓重的闽南口音,倒也显得厚道本分。他盛赞孙显家的勇气胆略,孙显家敬佩他的远见卓识。两人相见恨晚,一拍即合,决心携手创办"上海银公司",准备先从租船航运开始,再进一步拓展事业。孙显家拿出了全部积蓄,并把船上茶房们的押具(旧社会谋职需交的保证金)全部从轮船公司借出,一并交给林洪斌。谁知这个骗子,携款潜逃,从此杳无音讯。

这次打击对孙显家来说是致命的,它远胜于"橡皮风潮",因为孙显家把一家老小的生计全部押上了。五光十色的上海滩,看似充满机遇,实际上陷阱大大地多于机遇。孙显家向租界、华界各巡捕房报案。然而,在混乱的旧中国,要找一个处心积虑的骗子,如同大海捞针,你再怎么求告作揖也没用。孙显家失魂落魄,日日夜夜漫无目标地在上海滩每个角落做着徒劳的寻找……

恰逢1927年3月,上海工人第三次武装起义,与军阀作战。孙显家陷于激战的枪林弹雨中,爬过死人堆才回到虬江路家里。这时,孙重亮的父亲孙伟君才 8 岁。大家开门相视,抱头大哭。1932 年,日军兵临城下,孙显家苦苦努力换来的虬江路石库门房子,由于地处战区,在大火中被焚毁殆尽。

目睹昔日"大师兄"的遭遇,充满人情味的福和烟草公司将孙重亮的父亲孙伟君带入福和当练习生。孙显家在上海三十多年的摸爬滚打,恍若全部作废,孙伟君来到孙显家工作过的柜台前,一个家族又回到初涉上海的原点。

同乡的情谊,给了这个移民家庭最后的托底,也见证了孙显家一生大开大合的落幕。

1940 年,孙显家在宁波同乡会四明公所筹建的四明医院(今曙光医院)郁郁过世。余下家人在同乡的介绍下转到老城厢万竹街,租住在两间亭子间里。一栋楼内,数户人家合住,大家全部是宁波人,甚至有三家来自同一村。对孙重亮父亲孙伟君而言,往昔的舒适生活一去不复返,唯有乡音的围绕,安慰着劫后余生的一家。

万竹街,得名于已经消失在历史中的露香园。

据《南市区志》的"老城厢"篇记载,著名的露香园,建于明嘉靖三十八年(1559 年),尚宝司丞顾名世在其兄顾名儒的万竹山房侧(今露香园路、大境路一带)购

露香园路，新的大楼拔地而起，变化是这座城市唯一不变的东西（沈轶伦/摄）

地数十亩造园,掘池时得石一方,因有元代书法家赵孟頫所题"露香池"三字,遂以名园。露香园以园内美景、女眷顾绣闻名,还出产水蜜桃、顾振海墨及银丝芥菜。

明末,顾氏衰落,露香园"台榭渐倾,园林亦废"。其时崇明水师驻园内,削山填池,园址一部分辟为演武场,因占地九亩,俗称"九亩地";原青莲座改建为青莲禅院。清道光十五年(1835年),富绅徐紫珊在演武场东隅"鸠工庀材"建义仓,并捐资在义仓西南"浚池为巨浸,植菡萏其中"[1],重建秋水亭、万竹山房等景点。道光二十年(1840年)义仓改为火药局,储火药4.5万余斛。两年后火药爆炸,附近建筑夷为平地。此后,废址陆续建造民宅。但露香园路、青莲街、万竹街等地名保留至今。

20世纪40年代的万竹街,已经不复盛年时的光彩。狭窄的小路,破旧的街区,拥挤的石库门,都显示着家道中落后的颓势。但孙伟君对眼前生活已经无比珍惜。

由于父亲孙显家的缘故,孙伟君一生极为小心谨慎。

别的店员领到薪水后,外出下馆子或者添新衣,唯有孙伟君将每个铜板都节省下来补贴家用。一次他生日,难

---

[1] 张春华:《沪城岁时衢歌》,《诗铎》第四辑,复旦大学出版社2016年版,第409页

得为自己多买了一个皮蛋庆祝,事后竟因此自责良久。

在万竹街安顿下来后,孙重亮的父亲和母亲不仅要照顾自己膝下6个子女,还要照顾祖母和姑妈一家。家里最多时有11张嘴等着开饭。晚上入睡时,男孩全部打地铺,大人就把长条木板搁在凳子上作为床。

孙伟君不仅每日通过步行节省车钱,还将店里扔掉的包装纸带回家生炉子或作他用。孙重亮小时候用的小书架,就是父亲用废旧材料拼装而成的。三年困难时期,父亲去北京开会,他只吃旅社提供的小米粥,将"火烧"等干点心全部带回上海给孩子们吃,自己一碰不碰。在这样的呵护下,那么多孩子从未有一天挨饿。

孙重亮的母亲在新中国成立后,成了里弄第一代居委会干部。居委会负责失业登记、治安保卫、妓女改造、福利救济等工作。能干的母亲在把自己一大家子人照料妥当之余,也成为社区里众人信服的大姐。1958年,万竹、露三、大境等6个居委会合并为怀真居委会,母亲被选为主任。高度自律、好学、节俭的父母,以身作则,为子女树立了不可磨灭的榜样。

孙重亮等几个孩子都在万竹小学(成立于1911年,今上海市实验小学)读书。一次,孙重亮的哥哥参加学校

发生昔日故事的布景,已经看不到踪迹(沈轶伦/摄)

的话剧演出，孙重亮在边上看着哥哥排练几次，把形体和台词都学了九成。不久区里要挑选哥哥参加汇报演出。因为此时哥哥已经升入初中，所以老师就建议让孙重亮来演。如此"一战成名"。到了孙重亮读小学四年级时，正逢上海戏曲学校京剧班招生，老师将孙重亮推荐上去。从戏校毕业后，1969年孙重亮报名入伍。在1982年回沪进入上海电视台工作之前，他长期在广州空军政治部文工团工作。因为工作的缘故，他说一口字正腔圆的普通话，但只要开口说沪语，往事如泄洪，历历如昨。

万竹街在城市更新中已经看不出原来的样子。曾经见证过父亲克勤克俭身影的石库门和见证过孙重亮兄弟姐妹们玩耍的小街都已消失不见，但过往的情结一直留在孙重亮的心里。

孙重亮记得，1997年1月28日淞沪抗战纪念日当天，全家人到处都找不到父亲。

当时全家已经搬离万竹街，父亲孙伟君已经78岁高龄，没人知道他去了哪里。直到傍晚他才回家，告诉大家，他一个人去了虬江路老家旧址凭吊，想念去世的祖父和消失在历史中的家园。

从外滩绘出世界

— 北京东路转角 —

陈逸飞（1946—2005）：著名油画家。

陈燮君：1952年出生，上海博物馆原馆长。

哥哥陈逸飞走后，很长一段时间，陈逸鸣晚上都睡不着。

睡不着的时候，有时他就干脆开亮床头灯，任由思绪在幽暗的灯光下散逸。

20世纪70年代初，陈家的父母相继去世，留下三个孩子。陈逸飞是老大，下面是一个妹妹，老三就是陈逸鸣。在陈逸鸣的记忆里，比他大5岁的哥哥陈逸飞几乎是一夜之间挑起了家庭重担。

那时，陈逸鸣在郊区的崇明东风农场工作，陈逸飞已经在上海油画雕塑创作室（上海油画雕塑院前身）从事油画创作。有段时间陈逸鸣身体不好回市区就医，这忙坏了哥哥。陈逸飞托人找关系让弟弟住院。去医院的路上，他在口袋里横掏竖掏拿出所有的钱为弟弟买点心、巧克力。第一次探病还给弟弟送来他自己装订的速写本，嘱咐弟弟一边养病,一边有空就画画素描不要荒废。这真的是"非常陈逸飞"的嘱咐——一直到生命最后一刻,陈逸飞都没有放弃对视觉艺术的执着。他曾安慰生病的弟弟要注意身体,劳逸结合,但自己太忙了,太忙了,忙到没有预料,最后被命运先带走的,是他。

那一场青年时代的病,也是陈逸鸣追随哥哥的脚步,正式走上职业艺术道路的关键。

在病愈休养时,陈逸飞曾把陈逸鸣接到上海油雕室,弟弟就住在陈逸飞的单人宿舍里。陈逸鸣记得:"哥哥的房间里,藏了很多画册和国外经典小说、散文集。我就是在那时第一次读完《契诃夫短篇小说》及《约翰·克里斯朵夫》等名著。我至今不知他哪儿来的那么多书。他还为我请了老师教英语。他忙于创作,水粉画《革命青年的榜样——金训华》就是那时他与另一位业余作者共同创作的,也因此崭露头角。我能时常出入油雕室是令人羡慕的,这对我走上职业艺术道路至关重要。"

这也是陈逸飞开创人生里程碑的时刻。

在上海油雕院,陈逸飞以《黄河颂》《红旗》《占领总统府》一系列主题性的作品吸引全中国画坛的目光。其中,陈逸飞在1972年创作的143.5cm×297cm的布面油画《黄河颂》，在宽银幕式的画面上，一位战士站在黄河旁的山岭上眺望天际，脚下，一行大雁斜飞南行。整幅作品充满了英雄主义的浪漫色彩。后来，这件作品于1996年在香港苏富比公司拍卖，即成为当时中国最昂贵的油画之一。在2007年中国嘉德春拍上，此作以4032万元成交，再创中国油画成交纪录。

陈逸飞和陈逸鸣的家——位于北京东路159号大楼里的住所，在那些年里，一直是全国美术创作者和艺术爱好者的聚会中心。在陈逸飞去世15年之后，还不断有画家、艺术家撰文回忆青年时代慕名前往拜访并在陈逸飞家里受益的情景：陈逸飞说话细声慢语，待人客气有礼，对初次上门的陌生青年，他也会无私摊开自己所有的素描本，任由后辈青年一张一张看，同大家交流绘画，畅谈艺术……

温文尔雅，文质彬彬，几乎是所有人对陈逸飞的印象。

后来成为上海视觉艺术学院美术学院院长的朱刚，曾回忆20世纪70年代他每一次去画展时，都要在陈逸飞的油画前驻足的场景。他当时看这位比自己大12岁的师兄的作品，远观构图和空间，近看色彩和笔触，不断揣摩细节，甚至在半个世纪后还能立即将它们描述出来。朱刚记得："那时几乎没有素描展，进美校前，能够见到的陈

1 2
—
3

1 画弟弟陈逸鸣
  （20世纪60年代末）

2 画妹妹陈敏静
  （20世纪60年代末）

3 素描画母亲
  （20世纪60年代末）

陈逸飞素描，均由陈逸鸣提供

逸飞素描是当时美术爱好者手中流传的黑白翻拍照片,巴掌般大小且几经复制,十分模糊,偶见一张清晰点的,便如获至宝,争相传阅。那些相片是那个年代美术青年手中的'硬通货'。"

朱刚记得,当他在天津路414号的上海市美术学校读书时,在老师孟光的手里,朱刚第一次零距离见到陈逸飞素描原作。"陈逸飞的素描十分完美,线条、明暗、虚实、结构都准确地表达了对象,且人物传神,有种呼之欲出的感觉。陈逸飞的素描《海军》被孟老师作为教材,用来讲解写生技巧,画画一定要从整体着手,该抠的地方抠,该虚的地方虚,才能画出味道。孟老师还充满期许地鼓励:'只要你们也像他一样,刻苦努力,用心画画,同样也能用每一笔线条、每一块明暗,画出完美的作品来。'"

究竟是因为生而为大哥,所以不得不有了为人父兄的宽厚和担当,还是有的天才,注定生来就要被人追随?不论在画坛上,对无数爱好美术的青年而言,还是在家里,在兄弟的前途命运上,陈逸飞几乎是自然而然,树立了一个模范的形象。

从1958年起就与陈逸鸣同窗的上海博物馆原馆长陈燮君,住在和陈逸飞、陈逸鸣家很近的圆明园路,少时往来频频。许多年后,他作为旁观者,曾这样描绘陈逸飞的原生家庭对这位画坛领袖的影响:"陈逸飞是宁波人,而且出生在宁波,陈逸飞的父母对宁波文化非常珍视,治家严格。陈逸飞的母亲会用宁波话背诵《朱子家训》。"同样是宁波籍的陈燮君,对这份严格倍感亲切。两家因为孩子的友谊,而缔结了全家的友谊,在之后很多年,彼此拜访,都会互赠宁波人爱吃的黄泥螺、蟹糊等食物。

这是一幅有趣的场景。在上海外滩,两户宁波籍的旅沪家庭不断互相往来。在距离宁波100多公里的上海的街角,在黄浦江风的吹拂下,他们不断确认的,是对家乡的文化规则的认同。

陈逸飞和陈燮君家所在的北京东路到圆明园路一带,曾是新中国成立前中外贸易机构、金融机构、官办银行最为集中的区域。

资料显示,上海自清道光二十三年(1843年)被辟为商埠后,英、美、法、德、日各国商人相继来上海开设洋行。1845年,英国领事与上海道台拟定在上海县城外北面设立第一块租界,这块沿黄浦江先滩地呈带状铺开的就是最早的外滩。一批具有西方风格的建筑从此就在这里拔地而起。到光绪二十一年(1895年)时,已有洋行

陈逸飞和陈逸鸣的家，位于北京东路159号。可以远眺陆家嘴的东方明珠
（沈轶伦／摄）

116家,其中不少就坐落在外滩。

19世纪后期,上海的洋行已发展到第二代、第三代。英商洋行仍占上海洋行总数的60%以上,其户数的增长和进出口贸易所占比重都高居首位。其后,法、德、美、俄、日、荷、比等国相继开办的银行,均设在外滩。其中最早进入上海的一批老牌洋行,如怡和、仁记、义记、沙逊、泰和、天长、祥泰、元芳等都已有50年以上历史,并发展成进出口贸易业的大户。

新中国成立前夕,设在这一地段的银行多达31家。其中有著名的"北四行"(盐业、金城、大陆、中南银行)和"南四行"(浙江兴业、上海商业储蓄、新华信托储蓄、浙江实业银行)。此外,北京东路、九江路、河南中路及南京东路分别设有银行21家、20家、16家及10家。这几条马路上开设的银行,大多是资本雄厚、声誉较高的银行。

而钱庄及小型银行主要集中在宁波路和天津路的东段地区。钱庄早期开设在福建中路邻近南市的地域。1922年,钱业公会在宁波路隆庆里建立会馆后,宁波路、天津路的大小里弄内陆续开办了许多钱庄及私营银行。如宁波路兴仁里仅100米不到的弄堂内,就有近20家钱庄和银行。新中国成立前，这一地区的钱庄、银行多达90余家。

根据1950年3月登记的外商在沪进出口企业情况表显示，陈逸飞家所在的北京东路159号大楼，为1924年创办的锦名洋行出口部所在地。而159号，只是这个庞大的转角建筑物的一部分。其所在的整幢建筑物被列入上海市第三次全国文物普查不可移动文物名录。建筑物的门牌号北京东路163号与四川中路512号相接，呈锐角放射延伸至北京东路135号和四川中路502号，其建造年代记录显示：建于1911年前。

在陈逸鸣的记忆里，北京东路159号的大楼宽敞，内部层高较高，走廊和房屋的设置还是保留了办公用房的格局。1955年左右，因为父亲所在单位分配，一家人住进159号四楼中的一间。同楼合住的有十几户人家。昔日的外商办公楼由此至今，一直被作为本地居民住宅使用。

几乎从少时读书时代起，总有哥哥的伙伴和同学，到北京东路来等陈逸飞一起出门写生。来玩的朋友们告诉陈逸鸣，大家既喜欢去他家玩，又不喜欢去他家玩。喜欢，是因为交通便利、环境优美；不喜欢，是因为陈家在走廊的尽头，走过去时，必须经受整条走廊家家户户的眼神"检阅"。办公楼虽然宽敞，但改成居民住处其实还是给生活带来了许多不便。陈逸鸣记得,那时候家家户户在楼道里放一个小炉子做饭,夏天的时候,更是家家户户敞开房门,毫无隐私。

陈燮君家,圆明园路 97 号安培洋行大楼内的情况与此相似。

今日的圆明园路 97 号安培洋行大楼,是外滩源的组成部分,定位为奢侈品旗舰店以及高级餐厅场所。这是一幢建于 1907 年(一说建于 1911 年)的大楼,由当时上海著名的建筑事务和地产公司英资通和洋行设计监造,建筑主体呈英国古典主义建筑风格,装饰部分则受到巴洛克风格的影响,为砖木混合结构。1941 年至 1948 年,安培洋行(瑞士)曾在此办公。

20 世纪 40 年代,陈燮君的祖辈从宁波到沪发展。在银行工作的父亲"顶"下安培洋行顶楼的一间小房子,母亲则就近在北京路圆明园路口的托儿所里当所长。

孵育移民二代的这个区域,用英国领事馆、新安堂、圆明园公寓、中华基督教女青年会全国协会、哈密大楼、协进大楼、兰心大楼以及真光大楼等带有强烈异域文化痕迹的建筑,为少年们的审美打下最初烙印。夜里轮船在吴淞口鸣响长笛的声音,每个小时海关大楼传来的报时钟

陈逸飞及家人合影（陈逸鸣提供）

陈逸飞美专期间水彩写生《圆明园路》

声,共同构成他们童年里关于城市、关于港口、关于外部世界的最初认知。

陈燮君家所在的洋行大楼顶楼四楼为居民居所,一至三楼当时还是广告公司。童年的陈燮君刚会写字画画就常去广告公司玩,与许多职业画家和设计师建立起终其一生的"亦师亦友"的亲密关系。如当时在广告公司任职的徐昌酩,极擅长画动物,数年后他在上海美术家协会任职时又与陈燮君相逢。

比起同龄小伙伴还在街道上做调皮小鬼,陈燮君和同班的陈逸鸣,从小展露对绘画的兴趣,他们早早就能在画板前一坐一下午。夜晚,他们一起驻足于圆明园路、滇池路、虎丘路的老大楼前,从透着光亮的窗外揣摩里面的世界,幻想各种情节和故事,也一起对着这些建筑写生。等到年长一些,两人就在周末相伴去黄浦区少年宫习艺,闲暇时一起去福州路淘买画册碑帖。圆明园路上,两个脑袋挨在一起的小小的孩童,渐渐长成了两个颀长的青年,他们相约背着硕大的画框,好奇地打量这个既属于异质文化但又是家的街区。

陈逸鸣记得,1965年的一天,自己经过中山东一路33号的原英国领事馆,看到英国国旗下半旗,一问才知道，是英国前首相丘吉尔过世。这让他感到讶异，并展开了对外国生活的想象。外滩就是一个窗口，将世界的信息展现在居民眼前，也让人憧憬：原来在眼下的环境之外，还有别样的风景、文化和未知的天地。

正是在这一年，陈逸飞毕业并进入上海油画雕塑创作室从事油画创作。

三年后的1968年，陈逸鸣到崇明东风农场务农，与北京东路第一次暂别。15年后的1980年，陈逸飞赴美留学，不久陈逸鸣也赴美，兄弟俩从北京东路出发，从此走向更为广阔的世界。

陈逸鸣曾说过这样一件往事，在陈逸飞上学时，一度根据学校要求学习发报。学习班的地点就在北京东路江西中路转角处的中国垦业银行（上海市第四批优秀历史建筑）。中国垦业银行由俞佐廷、童今吾等人创办，成立于1926年，总行设于天津，1929年3月实行改组，由上海金融界人士秦润卿、王伯元、李馥荪等人接办。在这幢曾经经营商业银行储蓄、仓库及发行业务的大楼里，陈逸飞和同学们学习摩斯码。而弟弟陈逸鸣趴在自家窗口，就能看见哥哥在那边学习的身影。

这就像一个隐喻。在之后的人生中，陈逸鸣总是能看到哥哥的身影。

而现在,哥哥走了,留下他无限眷恋的上海。黄浦江浪奔浪流,江边的大楼从洋行变成居民楼,再从居民楼变成奢侈品店。时间流逝,更新迭代的故事一直在发生。只是翻开城市新的一页,很难再找到,像陈逸飞那么温文尔雅的一个男人了。

愚园路上的阿姨

— 愚园路 —

徐锦江：上海社会科学院文学研究所所长，著有《愚园路》《愚园路上》。

徐锦江从复旦大学毕业后，在《解放日报》和《申江服务导报》工作，前后加起来足足三十五年。其间他写了三本书，都和他的报人生涯无关，而是反反复复书写着上海市区西区一条街的来历和发生在这条街上的故事。这条街的名字是愚园路。甚至于后来，徐锦江用的印章，内容也是"愚园藏书"。

一个人爱一条路爱到这种份儿上，是着了迷。

研究愚园路的过程是在做一次历史的钩沉，也仿佛是在做一次历史悬疑的侦探。比如关于愚园路到底是"西头先闹猛（热闹）起来"还是"东头先闹猛起来"的问题，在以"愚园路"为主题的思南读书会上，作为上海史研究专家的"学院派"和几个70多岁老人的"生活派"发生争论，徐锦江听了以后，回家进行了一番考证，他根据自己整理的"愚园路大事记"来加以分析——

愚园路最早出现的两个花园是建于1864年的兆丰花园和建于1882年的申园。兆丰花园是由英国兆丰洋行大班、跑马厅董事、地产商霍格（H.Fogg），在1853年以低价买进曹家渡以西千亩土地后私建的，1864年建成"霍格别业"（或称兆丰花园）。而申园则始建于1882年，位于静安寺西隅，占地12亩，中构层楼，四围花木，右有堂榭，并凿方池，尚称宏敞，四周筑路，车马可直达园内，绕行一周而出。申园是上海最早的经营性私园，开创时，按股份集资银1.6万两，故又称申园公司。

兆丰花园当时还是"私园"，申园算作"公园"，所以申园人气应该更旺。按照上海城市自东向西发展的基本脉络，说愚园路东头因为静安寺和申园先闹猛起来的大方向没有错。且愚园路经1914年和1918年两次越界筑路（据《上海通史·附录》），才形成现在的格局，也就是说，在19世纪末20世纪初，除了现在静安寺和久光百货后面的那一小段"军路"（建于1860年），愚园路还有名无实，现代意义上的愚园路还不存在。之后，在1890年，因为经营不善，申园为四明张氏创葺的愚园所并——于是有几个移民上海的宁波人登场了。

愚园位于静安寺东，近赫德路（今常德路）交汇处。

本为镇海叶氏别墅，后为四明巨商张氏经营，经过修建，于光绪十六年（1890年）落成，并于同年六月初五开园，为上海三大营业性私园（张园、愚园、徐园）之一。该园占地30亩，垒石引泉、遍栽花木，并扩建亭台楼阁数处，布置淡雅，风景清幽。园内有杏花村、云起楼、倚翠轩、鸳鸯厅、敦雅堂、花神阁诸胜，为中国传统的东方式园林。园内设有鹿园、虎栅，并蓄养虎、豹、猕猴、白鹤、锦鸡、孔雀及梅花鹿等动物，供游人观赏。每值春秋佳日，游人纷纷，而以夏日尤盛。光绪二十四年（1898年）十月召卖，后改为和记愚园复开。柳亚子、陈去病、高旭等同盟会会员组织的民族文学团体——南社，来此集会14次，愚园成为南社主要活动场所。1900年7月26日，唐才常等人在上海成立"中国国会"，邀请上海名流容闳、严复、章炳麟、叶瀚、汪康年等维新人士80余人，集会的地方也是愚园南新厅。据章宗祥的《任阙斋主人自述》回忆："每值星期，余尝与二三同学，步行至张园、愚园球戏。"愚园路"是时尚属土路，非若近时之平坦也"。作为公共空间的愚园热闹了十来年，后来因为经营不善于1917到1918年间废弃。但这条路却因此得名，保留至今。

愚园路有写不尽的故事（沈轶伦／摄）

所以绕了一大圈，愚园路的名字出典，和生活在上海的宁波人有关，而徐锦江，恰恰是一个生活在上海的宁波人。

虽然生于上海，长在上海，但徐锦江籍贯一栏填写着"宁波"。每年家里祭祀祖先，心里想着"宁波"，从小长大照料他的人来自"宁波"——尤其是这个照料他的人，从宁波到上海谋生的保姆阿姨，虽未在形式上奶大孩子，却如精神上的乳母，建构起孩子处事待人的规则架构。这些架构，全部是带着宁波烙印的。

这个阿姨，几乎是为徐锦江而来的。

徐锦江是家里第四个孩子。出生前夕，因为预计添丁会增加家务，父亲请来了阿姨。阿姨是象山人，嫁过人，还怀着孩子的时候丈夫死了。阿姨只身去地主家帮佣，只能托人照顾孩子，但后来，孩子病死了。战乱之中，阿姨从象山到宁波帮佣，又跟着宁波的东家从宁波迁到上海。

阿姨没有了丈夫，也没有了孩子，一心一意扶持还在乡下的两个弟弟。她到了上海，把钱都寄给弟弟们。小弟弟出海打鱼，再也没有回来。又过了几年，一天，徐锦江傍晚放学回家，推开房门，没有循例看到阿姨忙碌的身影，疑惑中打开灯。只见阿姨默默呆坐饭桌边，两眼直愣愣,桌上摊开一页信纸:阿姨的大弟弟在舟山军用基地当民工,因救火被重度烧伤。回乡的路被骤然切断,从此孤悬在外的阿姨,把徐锦江一家当成了自己的家。对她来说,这里就是上海的全部。

这个家庭,也把操持内务的权力,全权交给了阿姨。

徐锦江少年时代,父亲是纺织厂的科室干部。本来工资不低,但1966年后,父亲被革掉工资,家里逐渐靠典当度日。最后,必须要靠借贷才能维持一家人的生活。母亲每月只能付给阿姨3元钱零用,但阿姨毫无怨言。当一家老小在一起吃饭时,她靠在门框上报菜钱,会因为1分钱的误差而掰着手指反复划算。她那诚恳、自律、负责任的态度,以这幅画面的形式,久久印刻在徐锦江的心里。

阿姨说,她吃长素,花不了几个钱。她愿意在徐家,哪怕不领工钱。离开这片屋檐,上海对她来说,是个陌生而令人生惧的大都会。最后是徐锦江的母亲实在过意不去,劝导再三,让阿姨再另找一户雇主。阿姨流着眼泪,烧完了最后一顿中饭,才从愚园路的烫衣铺弄堂到斜对面,也就是愚园路上的沪西别墅找了新东家。

一天晚上,徐锦江睡梦中听到母亲急呼。

他睁开眼睛,发现室内通明,灯光照亮天花板。母亲

愚园路的旧时光（张欣驰/摄）

矮小的身影投射到墙上被拉成细长条,她一边走动,一边大力翻抽屉。屋内阵阵哮鸣,似未关紧的门板漏风的嘶叫。是窗外的北风吗?他听着那风声,忽然之间,他明白过来这嘶鸣意味着什么,赶紧坐起来,低头一看,果然哥哥满脸潮红坐在地上,双手抓紧衣角,哮喘病发。

妈妈满面泪痕,过来催促徐锦江穿衣服,"去,快到阿姨家借点钱,哥哥发毛病,我们要送医院,但现在,十块钱也凑不出来了。"

徐锦江一气奔去阿姨家。那是阿姨离开他们后,在沪西别墅帮佣的人家。陌生的门牌,陌生的窗户,他停在别人的屋檐下,开口就叫:"阿姨阿姨!"沉沉夜色里,一扇窗户亮了。那是这家人家的灶间,是阿姨夜里搭床入睡的地方。他摸到门口,果然是阿姨出来开门。

徐锦江几乎落泪,但逼着自己镇定下来,说了情况,阿姨立即转身回屋要去拿钱。那一瞬间,徐锦江听得分明,是这家主人在屋内扬声骂道:"这么晚了还来叫,死人啦!"

徐锦江站在屋外,备受羞辱,浑身冰凉,脸却通红,不敢发一声。阿姨也一声不吭,默默回屋取了钱出来,让徐锦江先回家。这一晚,就是这位前任保姆雪中送炭的十元钱,让母亲能把哥哥及时送到同仁医院,救回一条性命。这一晚,这一扇窗户的亮光,也是徐锦江心里久久记住的画面。

她已经不是帮忙的保姆了,她是他们家危难之际能信赖求助的亲人,是救了哥哥的恩人。他们之间的关系,超越了雇佣关系。徐锦江的妈妈知道,徐锦江也知道,这个宁波阿姨,虽然暂时身在别人家工作,但她心在徐家。徐家也为她留着别人不可取代的位置。

只是现在,还没到一家团圆的时刻。

徐锦江的父亲被下放车间,结果从高高的布堆上掉下来,双手都摔成骨折。大热天,自己不能吃饭,大小便都得靠两个儿子帮忙。长久的抑郁,几乎难以为继的生活压力,让父亲罹患喉癌,20世纪70年代初,父亲接受手术,声带被全部切除,从此口不能言,但身体和经济境遇却因为1978年春天的到来缓和了起来。阿姨闻讯,立即辞退沪西别墅雇主,跑也似的回到徐锦江家。

孩子们都大了,其实也不再需要保姆照顾了。徐家当时只剩一室户的房间里,没有空余的地方。母亲为阿姨找到一间小屋,阿姨就白天来帮佣,晚上回小屋睡觉。有人为她介绍了一个铁匠,阿姨却不肯再婚。她一分钱也不动

愚园路上，旧时王谢堂前燕，飞入寻常百姓家（沈轶伦／摄）

用,把所有收入都积蓄下来。

1976年9月9日,毛泽东去世,举国哀恸。阿姨整个人垮下来,说:救星没了。

9天后,毛主席逝世追悼大会举行。徐锦江已经15岁,正读中学,一早去了人民广场。到了中午回家,姐姐告知,阿姨在凌晨脑出血去世了。

象山一个从未听说的远方侄子赶来上海,将阿姨一生的辛苦钱和骨灰带走,说是会回乡好好安葬。但此去一别,再无音讯。

"她养大我,但我没有送别阿姨最后一程。"一个傍晚,徐锦江在《解放日报》的报社食堂里说出故事结尾。

那时候,徐锦江是我的顶头上司,是解放日报社副总编辑。我们在报社的食堂碰到,他说起往事,一顿晚饭从五点吃到七点半,直到面前饭菜俱凉,直到餐厅里人声渐渐低微。他说:"别人会觉得奇怪,你父亲只不过是个普通职员,怎么能请得起阿姨。但的的确确,我人生的前15年有过一个阿姨。"

我说,徐总,您应该写一个小说。

他摆手道:这样的故事,你回去问问你父亲,那代人里,不稀奇的。

但他还是写了,却并非写童年或者小说。他写了上海的这条路,他度过童年的愚园路。两本书将这条路从100年前工部局越界筑路到历年名人住户的情况,梳理成文。后来上海电视台拍摄关于愚园路的纪录片,又或是上海书展介绍这条路的历史,徐锦江受邀参加,一遍一遍讲述愚园路的故事。

他写了愚园路上一条条里弄、公寓、小道的来历:

> 楼上的陈家伯伯和姆妈曾经是上海滩上颇有名气的泰康食品店老板、老板娘;隔壁的门洞也是大户人家,大小姐是全国网球赛亚军,也曾是我们同行女记者协会的主席;再过去的门洞住的是整栋楼的大房东,但"男主人"一直因"特嫌"的罪名羁押;弄堂到底的门洞是开绸布庄的,整个"文革"就数他被斗得最狠。再说路,愚园路上走着,常遇到一位慈眉善目喜欢小孩的老阿姨,台风天还见她代表居委会到我们弄堂里摇铃,和三楼的姆妈也常私相往来,喜欢将我的头,有几次还给过我糖吃,这两年才知道这位叫俞秀莲的大姐原来是吴国桢的表妹,中西女中读书时还曾是张爱玲的同班同学。对面采芝村一直到"文

革"后还生活着一个完全本地化的犹太老外,经常见叫'恰里'的他骑着单车,在弄堂口一只脚踮在地上,和一只面盆两只热水瓶摆剃头摊的大块头师傅用上海话"嘎讪胡"(聊天)。旁边的桃源坊深处有沈钧儒故居,遥想当年民盟人士常来常往。隔两条弄堂的瑞兴坊,是路易·艾黎的故居所在,留下过宋庆龄的足迹。对面新华村,原长宁区政府18号楼,曾经是传奇女子董竹君的旧居。斜对面的亨昌里,是《布尔塞维克》编辑部的旧址,往东过马路,有国民政府交通部部长王伯群为续弦大夏大学校花保志宁建造的小白楼,日伪时期它是汪精卫的公馆,接收时期又为早期共产党人、当时的上海滩名媛,黄慕兰和大律师陈志皋夫妻所租赁,成为梅兰芳、田汉、洪深、欧阳予倩等文化界名人的聚会场所,新中国成立后成了长宁区少年宫所在……

但我总觉得,徐锦江讲的无数传奇、许多历史名人的故事,都不如这一个没有姓名的宁波女帮佣的故事令人动容。她被时代浪潮推离家乡,被冲入上海的变化,不仅仅是物理意义上的,也是时间轴上的,她的故事像一部19

世纪的人忽然落入20世纪的穿越剧。她默默忍受下来，生活下来，最终并非毫无痕迹地，从这里离去。

她的吃苦耐劳和驯服，不管走多远都为弟弟而不是自己的前途命运考虑的"哀其不幸怒其不争"，她的忠诚和守旧，她的谦逊和仔细，是另一个层面上的言传身教，深深印刻到被她抚养长大的男孩身上，连同徐锦江父母身上的谨慎、守序、自抑一起，成为支持他日后做事的核心准则。

那些年我见到徐锦江，他的案头放着厚厚的历史材料、上海史的研究资料，放着《歇浦潮》《海上花列传》，到《子夜》《上海的早晨》，一直到《长恨歌》《繁花》。他每次见我，都要说他又发现了愚园路的某一处典故，或者梳理出一处愚园路上的名人故事。但我总觉得，他写愚园路，写了那么多别人的故事，既是写历史上的故事，也是另一种意义上的自我的书写。

这条全长不到三公里的路，康有为、蔡元培、钱学森、茅盾、施蛰存、张爱玲、傅雷、顾圣婴都曾居住过或活动过。徐锦江为了写书，也为了怀旧，常常会去走一走，"有时看到驻足拍照的外国人，会兴致勃勃地迎上去聊两句，向别人说说这条街道；有时顺路而下，看看变化的建筑,一个人细数时光逝去;有时也会遇到年龄相仿也满肚子故事的人,知音相逢的愉悦感无以言表……"

归根到底,他走在愚园路上的第一步,是始于某一个清晨。

这条叫愚园路的路上,有过一个叫徐锦江的少年,有过一个象山保姆。徐锦江调皮挨了打,阿姨哄了他一晚,让他靠着她的背平息啜泣,渐渐入睡。清早,一大牵一小,曾从这条街,而不是从别的街上走过。

阿姨允诺,给他做好吃的。

这是属于阿姨的愚园路。

闯荡大上海的生意人和冒险家,给了这条路外貌与繁华。

她用她的生命,给了这条路一种穿越历史传奇的灵魂。

江水漫过董家渡

— 董家渡 —

李良荣：1946年出生于浙江宁波，复旦大学新闻系教授、博士生导师，浙江传媒学院新闻与传播学院院长。

晨光升到宁波北仑舞岭门脚下，照亮柴桥镇东山门的小村庄。每天早上 8 点，是李良荣的砍柴时间。

1955 年，他快 10 岁了。因父亲在上海工作的缘故，他已习惯于轮番在沪甬两地居住。到了小学最后两年，他独自回老家，一边寄住舅舅家，一边在原籍读完小学。

此时回到家乡，对李良荣来说，眼前的松林峡湾，是旧识也添了陌生。听不到大城市的车马声，举目所见，是周围的小桥流水人家。面对农活，李良荣手势生疏，好在还有小伙伴，同村的 11 岁男孩文信。

整个暑假，文信手把手教李良荣砍柴，有时砍完自己那一担他还会帮李良荣砍。等到柴草砍好，要先摊在山坡上晾晒。等待晒干的时间，两个少年就满山坡跑着跳着，去找野果子、摘野草莓，回家吃过午饭后，再奔到海滩上捉小鱼小虾。暑假结束时，李良荣家的柴草堆满了半间柴

如果墙会说话（赖鑫琳／摄）

房，屋子里飘着柴草香。

差不多一个甲子后，李良荣回忆起这个夏天，感叹这是他一生中最轻松快活的时光。但换作成年人的视角，重新审视童年，才能察觉当时身处其中未曾留意的残酷。

对李良荣来说，捉虾钓鱼是一种乐趣，但对文信来说，家里祖父卧床、弟妹多病，钓鱼捉虾如无所获，全家的餐桌上就只有一碗咸菜汤。每次两个男孩正玩在兴头上，文信的妈妈会忽然朝着文信呵斥，实在令人扫兴可

董家渡区域的老房子（沈轶伦/摄）

憎。但现在想来，文信妈妈的话里，却是当时一代宁波普通人真实的境遇——

"文信，你拎拎清，人家每月有钱从上海寄来，我们家一分一厘都靠自己做出来。"

北仑属丘陵地带，由宁绍平原延伸部分和穿山半岛组成。风景虽美，却不利耕种。对务农的普通人家来说，辛苦一年所得，勉强糊口。但北仑也有地理优势，三面环水，西濒甬江。就在1843年上海开埠后，从1844年起，

就有客货轮停靠柴桥的穿山码头，班轮通航上海、宁波、定海、温州、海门、姚北等地。这似乎给挣扎在田头的人们提供了生活的另一种可能：走出去，到上海去。

据民国《鄞县通志》记载："世家子弟至有毕业学校仍往上海而为商者，良以地当商埠，习于纷华，故皆轻本业而重末利也。今有'上海为宁波第二故乡'之谚焉。"到上海的宁波人一旦立足，更是"挈子携妻，游申者更难悉数"。相关统计显示，到20世纪二三十年代，旅沪宁波人势力发展到盛极之时。他们以成立于1911年的新型同乡团体宁波旅沪同乡会为核心,渗透到上海经济的各个领域。据研究者对1936年前上海238家民族资本工厂创办者的调查情况来看,由宁波人开办的企业就有50余家,约占25%。宁波商人立足后,也喜欢雇佣同乡,这就带动更多宁波人旅沪。

李良荣的父亲也成为时代大潮中的一员。到上海后,李良荣的父亲在同乡的店里做学徒。为了提升自己的英文能力,他曾装了一口袋糖到外滩,看到有外国孩子经过时,就给对方吃糖,好逗他们说话,来练习英语发音。聪明的"小宁波"硬是自己制造了一个"英语角",并扎根下来。凭着这份机智,他成为一名会计,可以定时给老家的儿子寄钱贴补家用。

对留在宁波老家的人来说,上海,真是一个复杂的字眼。上海意味着财富、传奇,也代表了打破常规的未知,令人向往也令人生惧。留守家庭,也因为上海,分成两种:一种是家里有"在上海的",一种是家里"没有在上海的"。

父辈的选择不同,影响到孩子的选择。小学毕业后,老家的文信,没有再念中学,起早摸黑忙农活去了。李良荣离开柴桥镇东山门,回到上海父母身边,此后在上海升学。父亲并没有交代过什么,但很清楚,父亲握住起跑的第一棒,现在交到李良荣手里了。

可只有身处上海,才真切体会到城市的现实。

对初来乍到的一家来说,上海的不易居,不仅是一种比喻,也是事实上的艰难。在搬过几次家后,李良荣一家从1958年开始,住到上海中山南路593弄3号的底楼。全家8口人蜗居在25平方米的房间里,这种状况持续了几十年。

这条弄堂,位于黄浦江边的董家渡。

董家渡,上海最早成形的城区之一,靠近江畔的优势,给予它得天独厚的发展机会。资料显示,上溯到宋代,此地已在沿江形成小集市。至清朝康熙年间,随着沙船业的兴盛,董家渡地区行业码头骤增,依江而兴。除了轮渡码头、趸船码头,从董家渡到南码头,还有竹木行业的竹行码头、新泰码头、丰记码头,油酱业的万裕码头,豆米业的三泰码头,油车业的油车码头等近20个行业码头。为便于漕粮交兑和转运,在薛家浜还建有大型漕粮仓库。交通的兴盛带动商业发展。因为运载木材的船停泊在王家码头到南码头一线,木行应运而生;逢棉花收购季

李良荣夫妇合影

李良荣父子合影

节，闽粤商人前来设点收购，大批花行遂成花衣街；大批麦芽糖作坊集聚成糖坊弄；许多加工芦席的铺子聚成芦席街……这些沿用至今的地名，都记录了董家渡商市繁盛的历史。

但到了清咸丰十年（1860年），辖区沿江一带遭法军排炮轰击，大片房屋塌毁。1937年，淞沪会战时再次遭日军飞机轰炸，在新街、石街一带产生大片棚户。此后直到改革开放前，漫长的岁月里，这一地区的大部分平房，大都存在道路狭窄泥泞、房屋破旧、公共设施缺乏等问题。略显过时的房子，成为来沪寻求机遇的务工第一代入城后落脚的选择。

李良荣家栖身的石库门，本只供一户居住的楼里，却塞进了9户人家。放眼望去，整条弄堂的居住窘境，莫不如是。这也意味着，一幢楼内原本的灶间由3户合用，十几平方米的烧饭空间内，主妇们转身就会碰到他人衣角。乍看一切都是合用的，实则界限分明、寸土必争。白天做饭，一个菜盆子略挪过去几厘米，都要向邻居提前打招呼。生活就像一个严师，指点身处其中的人如何谨言慎行。在紧张而微妙的邻里关系中，早熟的孩子学会了谨守本分，也学会了看人眼色。

比居住区域的逼仄更难耐的，是弄堂里的夜晚。

由于弄堂底部毗邻一个仓库，建筑物压住了风。每到夏季，不透气的弄堂内溽暑蒸人。在中山南路593弄，傍晚5点一过，家家户户开始洒扫弄堂外的马路，各自搬了躺椅、竹床甚至门板，沿着马路排成一列，在众目睽睽下一起吃饭、洗衣、集体入睡。只有到了后半夜，江风从黄浦江上吹来，街面上才略有凉意，劳苦一天的人们，会裹紧身上的旧被单，在大街上入梦。可夏季，往往也是雨季，每年黄浦江都会泛滥的潮水，漫过街面，漫进董家渡，冲向成片的居民区，把石库门弄堂淹成泽国。每当此时，李良荣要负责抢救家具，还要忍着恶心，捡捞随水漂来的虫尸。

少年一别后，文信和李良荣多年不再联系。在柴桥，文信每天出门独自上山的时候，会不会羡慕那个去了上海的有"远大前程"的小伙伴呢？而李良荣，会不会也想念青山绿水间的文信？

东山门老家屋前也是河，但不是黄浦江这样的大河，而是一条小小的安静的芦河。村子里，大家的屋后是南山、东山，山不高，郁郁葱葱，翻过一道山梁，就可以看到海滩，对岸就是大榭岛。就算是家境困难的文信家，也有四间瓦房一字排开,屋前有院子,屋后有竹林,河里有鱼虾。上海的繁华,老家的人或许能想象;上海的窘迫,老家的人能想象吗?没有一个从上海回乡的人,不夸大着前者,又把后者咽在了肚子里。

因为既然出来了,只能往前走。

和无数在沪务工的甬籍前辈一样,李良荣学会了忍耐。

他也怕热,但从不去街面上睡觉,这是这个要强的宁波男孩对体面的坚持。他也怕饿,在初到董家渡的几年,全家只有烧米糊和剁碎的卷心菜帮子可吃,当年幼的弟弟妹妹因不能耐饥而哭泣,正在发育期的李良荣却学会了在饥饿感袭来时咬牙挺过去。每逢在宁夏工作的哥哥回沪,李良荣还要和母亲凌晨3点去菜场排队,于寒风中站到6点菜场开门,好为难得回家的哥哥抢购一块排骨和一点带鱼,烧一顿像样的饭菜。

李良荣想念和文信去海滩放肆地迎着风奔跑的时光吗?那少年的四行脚印过处,俯拾皆是小蟹的海滩,终究渐渐模糊在记忆里。

非常现实,也非常急迫地,李良荣不需要父母耳提面命,就把全部心血都投在了书本上。到上海后,他进了市南中学,很快就成为学校的团干部,成绩名列前茅。

忙碌的工地预示此地日后又将展示新貌（沈轶伦／摄）

而越是名列前茅,他就越是自律,用功得令人瞠目。当年的中学生学俄文,李良荣让同学随便打开教材任何一页,念出开头的字句,他就能接着背出整段课文,丝毫不差。不识字的母亲无力在学习上帮忙,每每看到这个乖巧的儿子读书到深夜,就会发自内心地心疼他久坐"把椅子都磨平了"。

1963年夏天,从未进过中学校长办公室的李良荣,被老师请去。姓雷的女校长郑重地告诉他:"李良荣同学,你为我们学校争了光。"

李良荣问:"我考进了哪所学校?"

校长说:"复旦大学新闻系。这个金字塔尖的专业一年全国只收30人。你是南市区第一人。"

1979年,在大学毕业被分配到江西省吉安地委宣传部工作10年后,李良荣又考上复旦大学新闻系研究生,此后留校任教至2019年,名扬新闻学界。

从北仑出发,李良荣的父亲和母亲背井离乡的所有付出,在此刻,似乎也都有了回报。

2019年国庆节,我到杭州去见李良荣教授。这年3月,他离开工作了37年的复旦大学,赴浙江传媒学院新闻与传播学院任院长。我们走在微雨蒙蒙的杭州街头,我说:"李老师,多么有趣,绕了一大圈,你又回到了浙江呢。"

他戴一副金丝边眼镜,瘦高个,穿一件深色羊绒大衣,花白头发上戴一顶英式鸭舌帽,举止很洒脱不羁,笑起来两手打节拍。谁能想到,这双手,是从宁波小山上砍柴起步的呢?

他告诉我,回到复旦大学任教后,周末他会带着太太和儿子回董家渡看望父母。母亲总会悄悄地告诉李良荣:"来看我们,不要给我们钱,给我们带点大包小包的礼物,一路拎在手里走进来,好叫弄堂里的邻居们看到,说李家门阿二又来了,东西又带来交关交关,这才高兴。"

曾让人压抑受苦的艰难环境,一旦被克服后,有一天又会成为人们怀旧和眷恋的对象。这是身处其中时,自己也难以理解的吧。

1996年,经过子女的不断劝说,李家父母离开中山南路593弄,搬入徐汇区的公寓房。父母多次流露对新居的不适应和对董家渡的依恋。他们怀念的是什么呢?在中山南路593弄,任何一户娶妻嫁女,都会邀请李家母亲去缝新人的被子,因为她是"有福之人"。每家每户都传颂着最让她得意的事——在1963年的高考中,整条弄堂

新房与旧宅总是相对的概念（沈轶伦／摄）

有 8 个青年应届，考上大学的只有 2 个，考上复旦新闻系的，只有李家的孩子。

他们怀念的，还有自己的奋斗时代。尽管曾经紧张相处，也有过锱铢必较，但这份情感交缠，只有当事人才会在乎。离开了这条弄堂，便离开了后来受人尊重的感觉，也离开了自己青春热血的见证。

但董家渡的那片老房子太破旧了，随着老一代居民逐步搬走，大量新一批外来务工者又租住进来。一如在 20 世纪 50 年代，它曾承载过李家初到上海的日子那样，直到 2008 年最后被拆除前夕，这些建筑依旧不断见证着来寻找上海梦的人们的样子。

这些建筑也见证着，那些盼望，那些奋斗，那些忍耐，那些坚毅，那些将上海终于塑造成如今模样的人的故事。

而现在，经过整修，夏季黄浦江的水再也不会漫过堤岸，只有江风依旧从渡口吹来，一如往昔。见证过李良荣家族初来乍到日子的董家渡地块上，不再见旧居，拔地而起的是一幢幢新高楼，吸引着源源不断新人换旧人的投资客和落户者。

而北仑，在 2018 年 11 月入选 2018 年工业百强区，2019 年 11 月被生态环境部评为第三批国家生态文明建设示范市县。如今对这里的年轻人来说,家乡生活繁荣、富庶、舒适,机遇非常多,去上海务工并非首选。

大约在2010年冬,李良荣到宁波出差,傍晚时分,他请他在宁波工作的学生开了车去柴桥,接上一个人——文信。

时间回到1958年,晚春的一个星期天中午,小学即将毕业的李良荣,自知即将重返上海,两个男孩最后一次玩在一起。

春雨绵绵中,文信戴着大斗笠,到李良荣家,大声喊着去钓鱼,李良荣喜出望外,不一会儿两人直奔河边。正是"桃花流水鳜鱼肥"的时节,李良荣回忆那最后一次玩耍:"我们小河里没见过鳜鱼,但鲫鱼多多,不一会儿,我们都钓上好几条,兴奋异常。突然间,我的鱼漂急剧下沉,钓上一看,竟是条红尾鲤鱼,一斤来重。我可从来没钓到过如此大的鱼。到了岸上鲤鱼还活蹦乱跳,我摔了几下把鱼摔晕了,拖着鱼,飞奔回家,再回到河边继续钓,但愿还会有新收获。突然间,文信的鱼漂也像我一样急剧下沉,他钓上来的同样是鲤鱼,比我的还大。我大呼小叫着:'快拿回去,晚上全家可以大吃一顿了。'然而,出乎我意料,他却默默地把鱼放到水里。'你要做什么?'我

董家渡天主堂（沈轶伦/摄）

不解地问。他回答:'这是合作社养的鱼,不能拿回去。'我环顾四周,对他说:'没人会看见。'他摇摇头,摘下鱼钩,鱼儿一摇尾巴,瞬间不见踪影。那天晚上,面对一碗热气腾腾的红烧鲤鱼,我一口未吃,做了亏心事,心里堵得慌。"

在几十年后,重新聚在一起的时刻,李良荣看到少年时代的老朋友,"依稀还是当年模样,我一眼就认出了他。吃饭时,我特地点了一盘松鼠鲤鱼,看到他舒坦地喝了酒,吃着鱼,我也舒坦了"。

漫漫岁月,道路不同,但一地的文化基因不改。不论身处何处,境遇是好是坏,若无这份慎独和自律在心中,宁波人又怎能受人尊敬,并长长久久立足。

光明邨的风与味

— 光明邨 —

马尚龙：1956年出生，海派作家，著有长篇文化纪实专著《上海女人》。

大年初一一大早,马尚龙的母亲已经在房间里坐好了。

马尚龙知道,母亲早已经梳洗好,祈祷过,也已经检阅昨天晚上地是不是扫干净了,桌子是不是擦干净了,果盘和糖果是不是准备妥帖了,尽管她很清楚,一切都已经准备好。然后她一身整齐,戴上助听器,坐在自己的房间里。在同住的儿子儿媳进屋拜年之前,母亲是不出这个房间的。其实当时马尚龙作为最小的儿子已经不小了,1956年出生的马尚龙,自己也已经是长辈了。在上海,民俗的约束并不重,人们在年初一的中午才迟迟起身是很正常的。但知道母亲已经起来,且已经坐在房间里了,所以马尚龙夫妇也都起床,梳洗,穿上正式的衣服,和早早赶来的亲戚逐一进母亲房间作揖拜年。直到见过所有小辈,母亲才会走出房间。大家的配合,默认了家族中最年长的女性应享这份派头。这也是这个宁波家庭一直以来坚持的

"规矩"。

规矩,对马尚龙来说,是如同血液一般深入肌理的行为准则,也是从小到大在宁波籍家庭里生活,被耳提面命反复强调的家训。

在上海,你很容易在一个女孩出嫁时,听到人们对她未来婆家的评价,带着认可,也带着某种程度上的担忧:"她要嫁进宁波人家,宁波婆婆规矩大哦。"以自律和规矩闻名的宁波人,就这样在上海,这么一个五方杂处的移民城市,占据了某种意义上的道德制高点和话语权。

到马尚龙的生活里,看不着也摸不着的概念性的宁波文化或者说宁波规矩,其具体的人格化体现,就是母亲。

从马尚龙出生,到母亲过世之前,作为家里七个孩子中最小的"奶末头儿子",他一直和母亲生活在一起。六十年,母子从未分开过。

母亲是从宁波鄞县(今鄞州区)嫁到上海来的。

她没怎么说过宁波时代的往事,但她告诉马尚龙,她最讨厌日本人。当年,日本人来了,学校被炸毁了,她没能继续升学,几年后,嫁到上海。虽然到了新城市,母亲却犹像在宁波一样。因为不仅早年来沪经营印刷业的公公婆婆是宁波人,大伯小叔以及他们的配偶也都是宁波人,还有公公厂里的职工——俐倡印刷厂里的工人,也都清一色与她是同乡。

远离故土,身处异乡,但身边的亲戚朋友乃至下属邻里,说的都是熟悉的乡音,吃的也都是宁波口味的菜,彼此做事认同的规则——还是宁波那一套。由于要在异乡奋斗,小圈子更加紧密合作,内向抱团,也更进一步加深了这种文化认同。

一旦新到上海的旅沪宁波人立稳脚跟,多半不会和上海的女子结婚,而是会回老家相亲,在知根知底的熟人圈里娶妻,接着将族中子弟带到上海。新来的年轻人,往往进入长辈已经在上海开始从事的行业,若干年后自力更生,就回宁波娶妻,重复长辈的故事。一个个宁波家族,就在几年甚至几十年上百年的时间里,像植物的枝蔓一样,"花开两朵各表一枝"。新的伸向上海的那一枝,最后在上海落地生根,繁衍出自己的群落。

像母亲这样的"远嫁",在那个时代,在上海上演了多少次呢?马尚龙不知道。但他记得童年时逢年过节,那些到家里来看望父母和爷爷奶奶的客人,都是操着一样的口音,尽管他们都已经在上海很久。当时他们的身份,都是上海人民印刷二厂的工人。

马尚龙与母亲(马尚龙提供)

马尚龙母亲（马尚龙提供）

上海人民印刷二厂,在20世纪90年代搬去共和新路之前,坐落于上海山西北路。而这家厂的前身之一,是一家私人印刷厂,名为俐倡印刷厂,创始人是马尚龙的祖父。和无数同乡一样,祖父到上海的故事,是一个宁波乡下小孩,被同乡带到上海学生意的过程——在一家印刷厂里做小学徒。

做学徒,三年出师,数年立足,几年后祖父有了积蓄,自己买了几架踏脚印刷机,开设俐倡印刷所。再过几年,印刷所变印刷厂,开在七浦路上。祖父孤身一人到上海闯荡,从小学徒到小厂长,其间回乡娶妻来上海,慢慢开枝散叶,有了稳定的事业和家庭,也持续不断将乡下的亲友后辈以及族中子弟接到身边进入印刷业,让他们从田头农民变成城市工人。

马尚龙的父亲,是祖父的二儿子,一直负责厂里的业务。1956年上海开展公私合营后,父亲随俐倡印刷厂进入上海人民印刷二厂,担任行政科科长。"文革"开始后,马尚龙的父亲被划为"资方代理人",颇吃了些苦头,工资也从150元被革到80元。后来因为生病不去上班,收入一度是零。

关键时刻,是母亲撑起了家。

马尚龙在老家门口的淮海路上的三联书店做活动（马尚龙提供）

他们的家，当时在淮海中路584弄光明邨的弄堂里。

这是上海的"上只角"。相比上海更为外界所熟悉的石库门生活，光明邨属于经济略好些的小康人家的居所。这是一批1941年竣工的现代式多层公寓建筑，原名为"飞霞别墅"，占地面积366平方米，建筑面积816平方米，由邵厚德营造公司承建。

整个建筑外墙立面装饰简洁，强调横线构图，窗户横向间以绿色墙面，纵向间横贯浅黄色宽带状墙体，外墙转角作圆角处理。从弄堂走出去，几步之遥，就是鳞次栉比的热闹商铺。但只要一回到弄堂里，一切都是静谧有序的。当时光明邨的住户，已经有了独立的煤卫设施。

在光明邨，母亲向来对孩子们管教严格，不许孩子们打架，不许捣蛋，不许出言不逊，不许欺负弱者，也不许不争气。邻里之间的关系，更类似于今日公寓楼里的氛围，彼此客气而矜持，孩子们也并不去弄堂与同龄人厮混。马尚龙是个男孩，却从小就以"不野在外面"为荣。

但这么爱惜面子的一家人如今却遇到难题。马尚龙的父亲被要求去弄堂扫地。无处可避之际，是母亲挺身而出。父亲已经没有收入，一家人靠母亲和姐姐在街道生产组结绒线衫，勉强维持开销。母亲以父亲罹患肝炎为由，自己出门，用扫帚扫完了一条弄堂。

在四楼的晒台上，最小的儿子马尚龙静静地往下看，能看到母亲的身影，在弄堂里移动。那一声又一声，扫帚从地面上擦过的声音，有节奏，有力量，有傲气，传入少年的耳朵。

今时今日走在淮海路上，两边时尚名店林立，往往使人容易忽略，这条商业街有别于沪上其他商业街的特色，正在于它首先是一个住宅区。淮海路商业的兴起始于20世纪20年代，当时上海的经济进入畸形发展阶段，先期开发的公共租界区域地价飞升，而淮海路所在的法租界还处于待开发阶段，升值潜力明显。

随着法租界当局对住宅环境和外观的规划，今淮海路两边慢慢出现一批新式里弄、公寓、大楼等现代民居。小康阶层的人口逐渐聚拢到这里，愈来愈稠密，使得沿街商铺应运而生。

资料显示，早在1916年，淮海路上的宝康里有了大东食物号。两年后，日商在今普安路口设立了专营皮鞋的高冈洋行。1926年到1928年，今淮海路上有一百多家俄侨商店。抗日战争全面爆发后，大批华商又从闸北、南市等地迁入淮海路以求租界庇护。到了1948年，仅陕西南路以东的商家就从330家增加到了481家。商业的繁荣,离不开商业街背后居民区的消费。而现代商业社会的文化,也在潜移默化中影响了周边的居民。

入住这样的弄堂,是这户宁波人家连续两代奋斗的勋章,是对自己辛苦打拼多年后的犒赏,也是对未来更体面生活的追求。可如果到最后,等着这份打拼追求的,是扫大街的结局,那么母亲秉持宁波人的规矩,一直要求马尚龙"要争气",是否还是对的?

这条窄窄的弄堂,从此以后,带给马尚龙的是完全不同的感受。从上面走过,像从母亲的手臂上踩过。每一处清洁,都是母亲的劳作。

最艰难的时候,马尚龙家里整整半年没有收入,全家开始典当物资。首先被卖掉的是一台平时为节电而从不开启的电风扇,之后是父亲的香烟盒和金笔,再然后是家里的梳妆台。看着家中的一部分随之而去,全家人闷闷不乐。但这个梳妆台卖掉的价款,的确撑着全家渡过了难关。

马尚龙前面的大哥大姐,按照时代的安排,分赴祖国各地上山下乡,曾经备受呵护的小儿子马尚龙因为留沪,开始背负起照料家庭、承担家务的责任。姐姐去黑龙江后,每月从 32 元补贴里节省下 15 元寄到上海家中。小弟马尚龙每月就带着米袋准时去邮局等那笔汇款,然后买了米,从成都北路背米回家。

剩下的家人,都掰着手指,等着这一袋米来下锅。

没有可吃之物时,马尚龙就吃泡饭,就着腐乳或者隔夜青菜当早饭。帮助他下饭的,是后来弄堂门口的光明邨大酒家,当时还叫光明邨点心店。

这家店卖早点和面条,并以卖的肉包和菜包好吃闻名。

艰难岁月里,每一天都像是前一天的重复,毫无新意,些微的变化从光明邨点心店出现。光明邨门口炸过油条、做过油炸的"一口鲜"点心,改革开放后,这里开过麦当劳,又因为卖熟食而爆红。如今,光明邨大酒家前面 365 天的排队景象,已经是上海一道风景线。

弄堂口,也因为有这家店,经历冷清,经历热闹,令人压抑,令人期待。而房子却未有一丝变化。住在弄堂里的少年长大了,不用再从四楼往下无助地看着母亲扫地。上面的哥哥姐姐们也都四散在各处结婚生子,他们这一代人和印刷厂毫无关系,他们这一代人的配偶,也不再都是宁波籍人了。

为了让年事已高的母亲免于登楼,在成为作家并有了积蓄后，马尚龙买了有电梯的公寓房，让母亲与自己的小家庭同住，一家人离开了光明邨，也离开了淮海路街区。可马尚龙在陪伴母亲，直到母亲去世的那段时间，常常会有错觉，觉得自己还是乖巧不下楼的少年。

作为一个真正在上海出生、成长，从来没有离开过上海中心城区的上海男人，却把父辈和祖辈的宁波，在上海的新公寓里，依旧好好保存着。

还是说到过年。

现在上海人过年，大都会到饭店吃饭。本帮或者苏浙口味的饭店，在冷菜选项里，往往有一道宁波爊菜。这是一道宁波人家里再普通不过的家常菜。马尚龙记得，往昔这也是家里的必备菜：

> 冬天霜降之后，青菜好吃了，又便宜，大概是一角买五斤吧，那就是吃爊菜的时节了。母亲从菜场挽了一个竹篮回来，全是青菜。竹篮叫做杭州篮，我都还有些许洗青菜的印象。菜太多了，是浸在大号的不锈钢面盆里的。冷水里一浸，手指冻得像胡萝卜一样。母亲常常会留出一个菜心，菜头也不切掉，拿一个碟子加点水，菜心就养起来，太阳底下，菜心还真

细节与外部,俯瞰与凝视,都是观察这座城市不同的角度(赖鑫琳/摄)

你看,每一扇窗户里都是一个说不完的故事(赖鑫琳/摄)

会长。至于下锅的流程,那一定是母亲亲力亲为。记忆中常常是在晚饭过后,那时候煤气灶空下来了,有足够的时间可以燀菜了。燀菜最适合我们年少时的"大吞吐量",还可以吃上两天,连燀菜露也一点不会剩下,清晨上学前吃泡饭,太烫了,盛得干一点,淘上燀菜露,既快速制冷,又给泡饭添了味道。

这么一个贫穷时期的贫穷菜,很家常,但是上台面是不可能的,尤其是过年的时候,一年的油水储备就靠一只鸡、一块肋条肉、一条冷气带鱼,谁还吃燀菜?家里过年的时候,会有燀麸,会有咸菜冬笋,倒算是有档次的,燀菜那就靠边了。春节过后,矮脚菜落市了,燀菜也就不燀了。

再而后,生活条件好了,每户人家的年菜越来越高档,越来越讲究,越来越饭店化。即使很怀旧了,燀菜依旧未能挤进家里年菜的菜单,连想也没有想过。大约燀菜不仅便宜,而且也没有什么美食的技术含量,总是上不了台面的。

直至几年前的过年,燀菜终于上台面了,还找到了上台面的理由:燀菜刮油水。尤其是春节的后几天的早上,为了燀菜,就有了吃泡饭的冲动,依旧淘点燀菜露,话题也就自然露了出来。当然母亲还是会说,没有她老早燀得好。

2015年马尚龙写了这篇文章,他说:"今年过年依旧燀菜。母亲已经九旬有二,抱恙在身,再嫩的燀菜也吃不下了。我还是会准备燀菜,会留出一个生菜心,立在小碟子里,加点水,放在母亲床边柜上。我会把这一篇文章一个字一个字地读给母亲听;母亲则回想起五十多年前买了一杭州篮青菜,拎到四层楼,拎也拎不动……"

但她一定是拎上去了,因为她是宁波女人。虽然没有人知道她是如何做到的。

宁海路上的老灵魂

― 宁海路 ―

舒悦：1974年出生，著名笑星。

这是清晨的起床铃,像一串水晶球掉落在大理石台面,呱啦松脆地从家门外的走道上传来。

"咋啦?"

"小七妹!"

"大阿姨!"

"小菜场人多伐啦?"

"哦哟像灰一样多!"

"今朝买点索西啊?"

"带鱼交关新鲜啊,侬看乍亮啊!"

"噢,个么现在还有吗?"

"莫看,结束了。"

真有意思。每天醒来,小舒悦眼睛还没睁开来,就听见门外阿娘和同楼的老太聊天,声声入耳。阿娘家位于上海宁海西路84弄鸿运坊7号,北是延安路,南是金陵路,东是龙门路，西是嵩山路，属于上海市中心的商业中心之一，但在这一幢楼里，通用语却并非沪语，而是宁波话。

一幢楼高四层，整个建筑如一个口字形迷你城堡，走过走道，就进入一片开阔的天井，若在天井喊一声，一楼到四楼所有的人都能听见喊声。舒悦住在顶楼。从清晨开始，住户依次醒了过来，一个楼层里的言语声、锅碗瓢盆声，都细细碎碎地升腾上来，汇总到顶楼，让少年觉得不寂寞。

父母很忙，几乎从1974年出生开始，舒悦就一直住在阿爷阿娘家，准确地说，就是在阿娘跟前，被阿娘一手带大。阿娘讲的话，和阿娘的朋友们讲的话，以及通行于这幢楼里的"官方用语"，是宁波话，它也成了舒悦的母语。他是先学会说宁波话，才开始学着说上海话和普通话的。

都是什么人住在这幢楼里呢？

鸿运坊7号四层楼，大约建于1929年，一层楼28户人家，多是普通劳动者，背景不同，职业不同，却多多少少和宁波有关。比如说舒悦的阿爷阿娘都是旅沪的宁波人，阿爷是奉帮裁缝。兴许，许多年前，最早有几个宁波旅沪人士到八仙桥做生意，机缘巧合入住鸿运坊，然后邻里介绍邻里，同乡从老家接出同乡，最后把一幢楼变成宁波人在沪的一个小据点。偌大一个上海，一幢现代化的楼宇，却又像一座独立于外的"永定土楼"，执着地保存着昔日的乡土风俗。

除了通行楼宇间的宁波话，旧时宁波地区熟人社会的礼仪也被保存下来。楼层里不论哪家人过生日，总会给每户邻居送一碗面。吃了面的邻居，道谢祝寿，等还空碗时，总会抓一把糖果花生把碗盛满。

和舒悦的阿爷阿娘的迁徙经历差不多，几乎所有的住户都是上海解放前和解放初期住进来的。旧居此地的老人说，这里建造之初，原本是客栈，后因经营不善，才渐渐租给市民居住。小孩很少会对建筑的历史感兴趣，但有一次，当舒悦意识到自己熟悉的这幢楼与众不同——这既不像普通上海人居住的弄堂，也和同时代大多数人居住的公寓或者新村的构造迥异，他因此发问时，阿娘直白地回答："以前这里是妓院吧！"

不管这里曾经做过哪种商业用途，在1940年左右，老板就将房屋出租，这里渐渐成了民宅，变成了一个对内抱团的城堡。有一次，一个小偷不知好歹闯入鸿运坊想行窃，也不知谁喊了一声"抓贼"，立刻就有200多个邻居同时冲出门来抓人。

如此对内抱团的堡垒，身处的环境却是闹市中的闹市。只要走出大楼，一个热闹鲜活的都会场景，扑面而来。

大楼门口，就是宁海西路农副产品市场，到西藏南路，沿街更是丰富：鸡粥店、汤团店、马咏斋熟菜店、卖湖南菜的岳阳楼，鳞次栉比，等过了对面大世界，附近又有卖苏浙菜的五味斋。所以在这里兜一圈，能冬天吃汤圆，夏天吃刨冰，端午吃粽子，中秋吃栗子。这是一幅非常有上海特色的市井风光，充满来自五湖四海的风味。

这份热闹，并非始于改革开放后，而是可以上溯到一百年前。因为宁海西路处于昔日上海华洋交界处的八仙桥地区。

宁海西路东起西藏南路，西至连云路，长690米，为清光绪十八年（1892年）法公董局越界筑路，初名宁兴街，1914年以法国驻沪领事名改名华格臬路（Rue Wagner），1943年以浙江地名改今名。

19世纪后期，八仙桥地区开始出现由简易木屋组成的华洋菜场，远近菜贩赶来出售蔬菜、猪肉、家禽。人群的聚集带来潜在的商机。不久，在菜场周边的荒地上，就有人搭帐篷、围竹篱，江湖戏班轮流驻扎演出。1900年，上海租界扩张，法租界将八仙桥至卢湾一带并入界内，周泾浜被填没为敏体尼荫路（今西藏南路）。此时的八仙桥，正处于法租界、华界、公共租界交汇处，地理位置显要。而五方杂处的环境，也构成了日后这一带独特的社区生活特征。

地方志资料显示，华洋菜场，是日后闻名的八仙桥副食品商场前身，位于金陵中路72号。苏浙一带农民来此交易大米、笋干，外国人就在边上设摊卖奶酪、面包，随着市声渐盛，区域内米店、酱油店、烟杂店也开始出现。1917年，大世界在西藏南路上开设，不久恩派亚大戏院、黄金大戏院、南京大戏院（今上海音乐厅）等相继在周围出现，八仙桥地区从此成为上海的商业中心和交通枢纽之一。大小饭店、点心铺、旅馆、浴室、鞋帽店、百货店乃至烟馆、赌馆、妓院、舞厅也大量出现。

1946年上海社会局的官方调查表明，大世界每天售票7000张。另外根据档案馆相关资料的统计数据显示，当时大世界每年的游客量累计在365万以上，亦即日平均游客量逾1万。直至20世纪80年代至90年代中期，上海大世界依然每天游客爆棚。1995年5月1日劳动节，大世界游客量创下了2万余人次的纪录。同年调查，上海市民中有80%的人去过大世界。与租界内其他大戏院

城市更新的节奏（赖鑫琳/摄）

不同，大世界从1917年建立到21世纪前，始终定位为平民乐园。尤其是在早期，所谓"全国艺人都到上海来跑码头"中的"码头"，具体所指就是大世界里大大小小的舞台——京、昆、越、沪、淮、评弹、大鼓等演员要想出名，必须先来这里唱红、演红，才能成为角儿。因而，这里也是见证海派文化酝酿、诞生、成熟的地方。

各种文化和治理模式交界之处，有着特殊的缝隙效应，成为孕育商业活力的园地。但夹缝地带，也滋生了特殊势力。海上闻人黄金荣住在八仙桥钧培里，杜月笙的公馆就在宁海西路上。

据说宁海西路上三层楼的杜公馆，乃黄金荣所赠，客厅的两根红木雕花大梁价值非凡。曾有媒体报道说，当时一楼到三楼分别住了杜月笙的三房，姚玉兰和孟小冬这两房姨太太住在附近。到了2000年，这里因上海延中绿地改造工程而被拆除，老房子的部件都被专门的藏家收走了。关于昔日大亨的传奇和八卦，早已随着时光的斗转星移，被翻过一页。

在这座城市中，真正永恒存在的，反而是最日常的生活。

就好像不管是战争年代还是和平年代，不管是华界还是租界，不管是流行这种时尚还是那种文化，每天早上，雷打不动，宁波阿娘们挽着篮子，依次出门买菜，反反复复讨价还价，全副身心着眼于一日三餐，反而似一种修行，从中滋生出一种能抵御时代大变化的恒定力；也好像舒悦家的一把小小的三角竹刮刀，能在不同时代里找到自己的定位……

舒悦的阿爷是奉帮裁缝，见人时用眼睛上下打量一番，做出来的西装马甲基本尺寸合身。等舒悦长大，阿爷不再工作，但家里留着全套的裁缝工具。阿娘将一把阿爷用来糊糨糊的三角竹刮刀洗洗干净，用来包小馄饨。一刮一小坨肉，手里一捏，分量刚刚好。新下锅煮好的小馄饨，一碗一碗端出来，阿娘总是让长孙舒悦尽情享用。

不到 7 岁，阿娘开始支使舒悦干活。任务很简单，到楼下买酱油。

人家买酱油要带粮油票，舒悦空手带只瓶子去。到了店门口，店员看见舒悦就笑，逗他："来，唱一段戏。"小舒悦开口就唱，嗓音清亮，表情生动。唱完大家开心，店员粉丝随即奉上满满一瓶酱油。这个被大城市里的"小村庄"养大的舒悦，没有爱上他那个年代开始流行的电子游戏或者港台歌曲，反而开始向过去生长。

同龄小孩玩的弄堂游戏,他提不起兴趣,市场经济兴盛后,孩子们玩的进口玩具,他也不眼馋。在9英寸的黑白电视机前一坐几个小时,把整部《碧玉簪》的戏曲电影看下来,小小年纪的舒悦倒会流泪。4岁,他就跑到不远处的上海音乐厅看《红楼梦》,看了几遍,回家张口就唱。

阿娘有时怕在家里拘束了舒悦,反而推舒悦出门去和同楼的孩子玩,舒悦只是勉强下去转一圈就上来了。

大家就说,这个小孩,好像有颗老灵魂。

虽是老灵魂,但又那么纤敏,能锐利地感知到身边人的善意与包容。

在舒悦9岁时,叔叔婶婶生了堂弟。孃孃有时来,开玩笑地对舒悦说:"这下你可跌价了。"

有次堂兄弟俩都在阿娘家玩,阿爷下楼去买棒冰。看到阿爷拿着一根棒冰上楼来,舒悦自然而然迎上去,孰料阿爷拐了一个弯,绕过舒悦走到小孙子跟前。舒悦愣了一愣,才意识到自己不再是唯一的孙子了。

阿娘在一旁见状,登登登立刻下楼,买了一只加仑(一加仑装香草冰激凌)来,插上一把调羹,往舒悦面前一送,说:"侬一介头吃掉介(你一个人吃)。"

舒悦记得阿娘怒视阿爷的神色,也知道家里阿娘说了算。他在一边窃喜并感动,然后生出一种不安来——何以为报的不安,受之有愧的不安。

阿娘硬气的宁波话,像不容分说的大手,将舒悦保护得很好。于是这宁波话对舒悦来说,不仅仅是一种语言,也打造了他温暖的人生底色。也许有的人是不断拥抱未来和未知去生活,但对舒悦来说,不断回顾和回忆在阿娘身边的场景,成了他人生后来的路标。

塑造今日上海话的诸多源头中,宁波话的力量不容小觑。有人为此撰文说:

> 虽同是吴语,苏州话"糯",即使吵架也像说话,宁波话"硬",即使说话也像吵架。小菜场的宁波老太们将这种硬气,发挥得极致,个个是"中气十足"的大嗓门。这种腔调有着四明山石的坚硬、山瀑的激昂,更携带三分东海黄鱼骨头的强硬与几分甬江潮涌的气度,说吵架,实在冤枉她们。
>
> 宁波人从小到大、一年四季都吃海鲜,连方言也散发鱼香气息:清明三月节,乌贼吆处叠。四月月半潮,黄鱼满船摇。菜花子结龙头,小黄鱼结蓬头。五月十三鲻鱼会,日里勿会夜里会。八月蛏,一根筋;

上海冬日街头,常见"旌旗猎猎"的晒鳗鲞的阵仗。这是宁波口味参与定义上海舌尖的证据之一(赖鑫琳/摄)

八月鳂，壮如鸭。西风起，蟹脚痒，浪打芦根虾打墙。小黄鱼捉来，大黄鱼叫来，乌贼摇来，带鱼冻来……仿佛从"石骨铁硬"宁波腔里，说出的海鲜会更生猛，"米道"交关赞。

宁波腔中有些词汇特别倔强，不容篡改。宁波人把狗一概称作"黄狗"，不管其毛色是不是黄的；凳子一概称作"矮凳"，不管它高矮，以至有"高矮凳"自相矛盾的叫法。最绝的是，宁波把男孩一律叫作"小顽"，不管他是三四岁还是廿三四岁；把女孩一律叫作"小娘"，只要没出嫁，统统是"小娘"，甚至把雌的梭子蟹叫成"小娘蟹"。如果想活灵活现表达，须附加形容词，于是就出现"大大小顽，坐高高矮凳，抡厚厚薄刀，切石硬年糕，喂黑黑黄狗"这样看似不通、实则妙不可言的宁波金句。[1]

被这种语言喂养大的舒悦，几乎自然而然养成了对语言表达的敏锐。

唱戏唱歌和表演，对舒悦来说信手拈来。读书却让舒

---

[1] 潘瑶菁：《宁波腔闲话》，《文汇报》2019年03月22日，有删改

悦头疼不已。倒不是说功课不好,而是偏科严重。有时教室里,前脚语文老师来表扬舒悦的作文又得了全班最高分,后脚数学老师进来宣布舒悦的数学得了全班最低分。于是本身就非常喜爱戏曲的父母,决定让孩子走专业演员道路。

14岁时,舒悦考入上海戏曲学校沪剧班,2004年转入上海滑稽剧团,成为一名滑稽演员。如今他在电视台主持沪语节目,是中老年阿姨爷叔心中的"宠儿"。他也年近半百了,但和长辈在一起,他总还是显出小来。在某种意义上,似乎还在延续童年的场景。

这是一个在宁海西路醒来的早上,他蹦蹦跳跳在老家的楼道里转着。熟悉的邻居们,敞开家门由他随意进出,他看着别人的饭桌说吃这个好吃,听到有人争执也去劝架。送入耳中的,都是亲切的方言。

1992年,宁海西路84弄,这片名为鸿运坊的房子动迁。此后,地铁8号线从下面穿行而过,上海音乐厅南移而来。舒悦一直生活在上海,从上海电视台到宁海西路不远,从上海音乐厅到宁海西路更近,但不管参加什么节目演出,他都不太敢再去老宅的位置。等到有一次,他想再去看看童年的家,原址成了延中广场公园。

他在草地上兜了一圈,想到当年就是在这里,街坊逗他说:"来,唱一段。"

八仙桥地区,现在已经不是上海最时尚的商业地区。大世界几经修复,昔日风光热闹不再。

那幢宁海西路 84 弄已经从地图上消失不见。那些已经四散融入城市深处的街坊,那些宁波基因和日常的细节,像一粒粒盐融入黄浦江,味道消散不见,但舒悦又掬一盆水出来提取出盐花。

这言语之盐的味道,还一如和阿娘在一起的远去的岁月和遗落在岁月中的话语。

张家宅的海上新风

— 张家宅 —

邹逸麟（1935—2020）：复旦大学教授，复旦大学中国历史地理研究所原所长，中国历史地理学家。

邹振环：1957年出生，复旦大学历史系教授，翻译出版史专家。

1978年10月,导演牛山纯一带着五人摄制组开进了上海一条不起眼的里弄。这是中日邦交正常化之后,第一位来沪拍摄的日本纪录片导演,他用镜头拍下了居民日常生活——从菜场、早点、物价,到居委会、托儿所、里弄食堂,乃至老百姓的结婚喜宴。

这条弄堂所在的区域,叫作张家宅。

当得知上棉二十二厂工人杨菊敏和静安区服饰鞋帽公司职工张丽娟要在张家宅办婚事后,牛山导演将摄像机架在只有15平方米的新房里进行了一天的跟拍。这样的逼仄,在当时已经算是令新婚夫妇相当满意的宽敞空间了。要知道,直到1980年,上海市人均居住面积仅为4.4平方米。张丽娟后来还能清楚地记得,这天牛山纯一从早上7点一直跟拍到深夜12点。在拍摄的间隙,他和闹洞房的市民们闲聊,这部纪录片后来定名为《上海新风》,夺得了纽约国际电影节银奖。

差不多同一个时段,一天一辆从上海市机电一局标准件模具厂出发的大卡车,载着一群兴高采烈的青年工人,开往张家宅。车子开到北京西路口不动了。停下,是因为张家宅支弄太窄了,卡车没办法继续驶入。送喜报的工友纷纷从车上跳下来,一路敲锣打鼓走进去,一直走到张家宅西部的融和里20号,为他们的工友庆祝——这一年21岁的车工邹振环考取了复旦大学历史系。

而邹振环在接到录取通知书的第一时间,就给还被下放在厕所打扫卫生的"资方代理人"父亲——昔日西南联大经济系毕业的高才生邹逸涛打电话报喜。

这是中国改革开放元年,高考制度恢复的第二年。张家宅不是上海的政治中心,亦从来不是文化中心,在这里居住的都是平平凡凡的市民。但就是在这么一个普通的街巷里,即便最普通的人也嗅到了,他们迎来了属于自己的命运转折——时代给予上海的新风,的的确确拂面而至。

张家宅的范围,有两个。一是一条大弄堂的名称,指北京西路、石门二路、新闸路和泰兴路围合的这样一块区域,面积大约0.6平方公里;二是一个大街区的名称,指

邹振环在他的办公室里(沈轶伦/摄)

张家宅街区（后来成为张家宅街道划分的依据），东起成都北路，西至戈登路（Gordon Road，后改为江宁路）周边地区，南濒静安寺路（今南京西路），北临新闸路山海关路。张家宅的名字最早出现在1908年的《申报》上，或以此地曾有过的一条张家宅浜（1931年填平）而得名。

有趣的是，张家宅地区曾经有另一个名字——王家库。1843年后，英殖民主义者越界筑路，沙逊洋行于此购地建造起英式住宅数十幢。至租界扩界前，上海大地产商程谨轩于1900年前后购进大量土地，在卡德路（今石门二路）两侧建起花园洋房和里弄房。以石门二路为界，路东称为东王家库，路西称为西王家库。

但人们习惯称卡德路东为"东王家库花园弄"（今北京西路605弄，后简称"东王"），西为"西王家库花园弄"（今北京西路707弄，简称"西王"）。根据《上海大辞典》记述，王家库大致范围以静安寺路、卡德路一带为中心，东到大田路，西近麦特赫斯脱路（Medhurst Road，后称泰兴路），南至静安寺路、凤阳路，北至爱文义路（Avenue Road，1945年改为北京西路）。王家库和张家宅的空间基本重叠，但中心略有不同，后者中心不再是卡德路和静安寺路，而是向西北移动了约300米，即后来的爱文义路（今北京西路）张家宅路为中心。

时移世易，王家厍的名字渐渐被人遗忘，取而代之的是张家宅的名字。随着张家宅的消失，如今区域内唯一留下历史痕迹让人有所联想的，就是著名的点心店王家沙。

这一区域兴盛的前半生，见证了上海20世纪二三十年代冒险家们的传奇。

地方志资料显示，1932年，谢葆生、马岩卿在卡德路新闸路转角创办卡德池（也称卡德池浴室或卡德浴室）。程谨轩还在静安寺路、卡德路口建成当时最先进时尚的带电梯的九层英国式公寓大楼，以程氏之孙的英文名字"Denis"来命名，音译为"德义大楼"。20世纪20年代，他在卡德路东侧建成一幢七层公寓，名卡德大楼，作为英租界高级警官寓所。卡德路因此渐渐成为张家宅街区附近最为繁华的一条街。

今石门二路东头的育才中学，是1901年由英籍犹太富商嘉道理在上海白克路（今凤阳路）创办的，时称育才书社。1909年工部局议设西区华童公学，1910年嘉道理又出资白银2.5万两，在山海关路和卡德路交界处购地10亩，建造了带有操场的三层教学楼一幢。1912年竣工后，即将育才书社迁至新校址，并交工部局管理，取名工部局立育才公学,即育才中学的前身,专收走读华童,开创上海新式学校之先河。

1929年前后,金融危机爆发,程氏家族投资失利,程谨轩的长孙程贻泽将位于麦特赫斯脱路(今泰兴路)的306号花园住宅作价后还债,转手被青帮人物高鑫宝改作娱乐场所,被命名为"丽都花园舞厅"。大起大落之后,繁华如烟云聚起复散。

在上海,一位迁徙而来的宁波人,也历经一次低谷。

一直在宁波经商的邹家,传到了邹椿这一支,几乎不能为继。邹椿41岁时早早病故,留下一众未成年子女。其中最大的长子邹精如(字梅荪)才18岁,孤身一人,北上投奔做木材的叔叔,底下几个十来岁的弟弟都托人收作学徒。而年纪最小的两个孩子,直接被寄送到孤儿院。三子邹星如(字春荪)13岁到上海做学徒。天各一方的情况下,兄弟姐妹之情反而变得更牢固。

凭借着宁波商人的勤奋,长子邹精如后来在天津渐渐立足,成为一名富裕且膝下子女众多的成功商人。三子邹星如在上海担任三友实业社的销售员,再后来开办公司、投资经商,成为生活优渥的实业家。但令邹星如苦恼的是,夫妇年过三十,却无所出。了解到弟弟的难处,邹精如决定,将自己此时尚在腹中的孩子作为礼物送到上海,过继给邹星如夫妇。

就这样,在1935年早春,身怀六甲的邹精如的妻子,从天津坐火车到上海,8月31日,诞下一名男婴,成为邹星如夫妇的养子。这个孩子,就是后来复旦大学教授、历史地理专家邹逸麟。

如果没有意外,邹逸麟作为邹星如唯一的继承人,将继承家里的公司,从事商业经营。为了确保这个来之不易的男孩顺利成长,一家先住在闸北。1937年,八一三事变时,闸北被日军轰炸,全家逃到张家宅福康里,至1941年,全家迁入位于张家宅区域的戈登路(今江宁路)727弄的达德里46号。

小家庭避难之际,也是张家宅遇劫之时。

张家宅昔日热闹的夏令配克影戏院一度被用作难民所。随着太平洋战争爆发,日军接管夏令配克影戏院,由伪中华电影公司经营。掌管丽都花园舞台的高鑫宝被汉奸暗杀。嘉道理家族在沪所有产业落入日本人之手,嘉道理死于日本人的集中营。

此时,也是远在昆明的邹逸麟的胞兄,邹精如的长子邹逸涛和无数热血青年投笔从戎为国效力之际。邹逸涛是

街头夕阳（沈轶伦 / 摄）

在1940年考入西南联大经济系的,一年后太平洋战争爆发,在联大学生投笔从戎的高潮中,他报名参加了第四期战地服务团译训班。这个训练班为配合援华英美盟军工作而特设,征调全国各大学文法学院毕业生和外语系二年级以上的学生,以及英语较好的学生报名服役一年。邹逸涛入伍从译,他服务的对象就是大名鼎鼎的美国志愿航空大队,即飞虎队。

青年的心是和家国命运联系在一起的。邹逸涛想过未来的许多可能,但何尝想到,战事搅动无数人的命运,自己和后代将与遥远的上海的这个叫作张家宅的街区发生联系。

1943年,邹逸涛回校继续求学,1945年7月获得经济学学士学位,毕业后进入国民政府设立的行政院善后救济总署工作。1947年总署任务完成,邹逸涛当时供职的杭州浙闽分署解散,他和妻子便离开浙江到上海。

正是由于有家族渊源打前站,邹逸涛和妻子来到上海时,就在邹星如的金国百货公司做襄理,并挨着他们入住张家宅地区。邹逸涛的房子是位于张家宅西部的融和里20号。这是一片建造于1925年左右的石库门建筑,风格介于老式石库门和新式石库门之间,既有木窗的格局,也有卫浴设施和宽敞的天井，内部设施优于周边同时期建造的同批建筑。

邹逸涛夫妇抵沪10年后的1957年，邹振环在张家宅出生。由于受到时代影响，邹逸麟无法继承家业继续"富二代"的生活，剩下的路只有读书一条。也是在1957年，从山东大学毕业后，在中国科学院历史研究所工作的邹逸麟随谭其骧教授到上海参加《中国历史地图集》编纂工作。战乱时期分散各处的家族成员，重新在上海的大江大流中汇合。但等待他们的，却是另一场离散。

公私合营开始，金国百货公司合并给亚洲织造厂，邹逸涛虽然去厂里做了职员，但被定位为"资方代理人"，从此一个爱国知识青年的命运被贴上另类的政治标签。他在厂里成了专政对象，打扫厕所等苦活重活压上肩来。

邹逸麟的父亲邹星如被关在厂里，当作"老虎"打。许多审问他的人，都是他按照甬商向来的传统，接受亲戚朋友的请托，从宁波带上来跟他学生意的。政治运动到来时，邹星如虽然还不到五十岁，已经吓得魂飞魄散。传统的伦理纲常，同乡情谊，都已经不适用了。老一派从学徒开始起家的资本家，现在除了赶紧退休回家，已经看不到出路。

1960年，邹逸涛、邹逸麟的生父邹精如，在天津去世。1966年，邹星如家被抄，红木家具、沙发，甚至锅都被抄走砸坏，全家一度连吃饭的桌子和坐的凳子都没有。1971年，一直如履薄冰的邹星如，心肌梗死去世。

父亲去世后，邹逸麟也病了一年多。这时他已经有三个孩子，都衣衫破旧，已经上初中的女儿，穿着屁股上贴着两块大补丁的裤子。邹逸麟看了心疼，但也只能小心翼翼地在大学里埋首学问，尽量远离政治。

邹逸涛还在打扫厕所，直到1978年邹振环打来电话，告知自己考入复旦大学。这个电话让这位毕业于西南联大的老大学生看到某种希望，被加诸身上的重担，可以放下了。也就在这年10月，邹逸麟晋升讲师，结束了22年的助教生涯。两年后，晋升为副教授。1982年，成为历史地理研究所副所长。

邹逸麟的回忆录里记录了大哥邹逸涛晚年最津津乐道的一件事：一日两个希腊船员路过厂门口，向门卫询问宾馆的路，鸡同鸭讲的时候，劳动改造中的邹逸涛正好骑着黄鱼车路过，三言两语就解决了希腊船员的难处。一时邹逸涛会讲外国话的新闻，从门卫室传到了厂领导的办公室。兴许因为赶上那个全民补课学英语的时代,邹逸涛就被带到了厂校教英语,就此结束苦役。邹逸麟说:"我们邹家逸字辈的翘楚,之所以会把一个厂校的英语教职看作他人生的最光亮点,我想那是因为他走过的暗夜之路实在是太长吧。"

1978年的张家宅,也见证了一段历史的结束。

邹逸涛人生最后的日子在张家宅度过。平反之后,作为一名英语教师,他有机会重新使用青年时熟悉的外语。邹振环在复旦读书,毕业后留校,后来成为翻译出版史专家,与叔叔邹逸麟同为复旦大学教授,一时传为佳话。

从张家宅离开后,导演牛山纯一分别在上海和日本举办中日电视交流活动,还给杨菊敏夫妇寄来了他们婚典的录像带。以后,在第二届和第六届上海电视节,牛山先生曾两次来沪,每次都要与杨菊敏夫妇见上一面。

迎着改革开放的春风,杨菊敏、张丽娟夫妇开了一家清洗公司,离开了只有15平方米的陋室,拥有了两室一厅的房子。他们在1998年这年,邀请前来参加上海电视节国际影视名家作品展映"牛山纯一专场"的牛山先生来看看他们的新居,看看20年前那个夜晚的憧憬已变成了现实。然而他们不曾料到,因为牛山先生的去世,这一专

夜（赖鑫琳/摄）

场成了导演的纪念展。

邹逸麟于1940年离开张家宅。他作为邹星如的唯一继承人，按大概率，本应该进入商界，做个老板。命运拨弄他的轨迹，有时也留下礼物，比如为学界贡献一位教授。

2001年，随着动迁，邹振环一家也离开张家宅。同年，已改名沪江浴室的卡德浴室随着张家宅街区改造被拆除。不久后，曾经阡陌纵横的居民区成为一片建设工地，新大楼拔地而起，曾经发生在这里的风云人物传奇和无数平民百姓的故事都随之四散。

1998年，上海音像资料馆在收集有关上海的音像资料时，资料员在牛山纯一导演的专题片《上海新风》中发现一段记录本市张家宅地区的影像。因为觉得内容生动而翔实，他们将这段颇有价值的素材重新进行了编辑。后来，上海电视台运用这些素材拍摄了纪录片《上海张家宅1978—1998》，20年前的张家宅与20年后的张家宅在片中轮流露面，形成鲜明对比，生动反映出上海改革开放20年巨变。该片一举荣获中国对外电视节目"彩虹奖"一等奖。

1978年，1998年，两个历史节点。

从 1978 年往前，三十年前的 1948 年，平津战役前夕，天津的邹精如一家带上亲友，请托许多人，用了许多黄金，才想方设法回到宁波。少小失怙离甬多年后，其实宁波老家对他们而言，已经没有直系亲属了，老宅也了无踪迹。但危难之际，几乎是本能地，他们第一时间想到的是回老家寻找庇护。

邹精如叶落归根观念根深蒂固，回到宁波后即筹划购地造屋，适逢国民党轰炸江浙沿海地区，工人白天不开工，夜里通宵赶工。他以早逝的祖父之名，命名为椿庐。几家兄弟还集资在宁波北大街开了一家九龙绸布庄，声势浩大的结果，是在那兵荒马乱的年月里引来蒙面强盗，将家里的男女老少关进柴屋，翻箱倒柜，洗劫一空。但强盗失望地发现，除了一点手镯项链，并无所获，因为这家人经过南下购买机票、买屋开店后，积蓄已经耗尽。

多年后，逸字辈的兄弟们议论家族旧事，都觉得邹精如从天津回宁波实属失策，但他是老大，因此几个弟弟都习惯于顺从他。当时邹精如在天津的公司处于繁华地段，虽然生意兴旺，但邹精如不愿意增加职工、扩大营业，平时看管店员，不许外出。白手起家的宁波老式生意人，遵奉传统，拘守自谨，并无政治眼光，也无现代化经营理念。邹逸麟对此总结说,"邹家的颓势,虽有时局变更之外因,自身也存在局限性"。

从银楼里走出的大小姐

— 银楼 —

裘索：上海市锦天城律师事务所高级合伙人，上海市政协委员、社会法制委员会副主任，荣获全国三八红旗手、全国优秀律师等荣誉称号。

1984年9月6日，上海发行量最大的报纸《新民晚报》，在这天头版新闻中登了一则短消息《裘天宝银楼重振声名，杨浦区筹办联营公司》："闻名中外的裘天宝银楼艺术将重放异彩，杨浦区妇联、科协、校办工业公司昨天下午签订了联营筹办中国上海裘天宝工艺艺术品公司的协议书。"

"重振"二字，意味着曾经存在之物消失后的再现。所谓存在，它存在了多久？而消失，又是为何消失？每每在这样的时刻，回望时间本身，总会感慨事物变化。在上海存在了一百多年的银楼业，自1950年4月22日上海市银楼业同业公会正式通知后，所有银楼停业。到1984年，上海已经34年没有"银楼"这个名词了。

经过这么久，大家一定早已将买卖金银首饰的银楼的概念抛诸脑后。但人的记忆力，却又有战胜时间的力量。当改革开放的春风吹来，一夕之间，在官方重新提及"银楼"二字后，大家才发现，关于银楼的记忆，原来一直都在。

1985年4月22日，一位作者在《新民晚报》写了这么一篇文章，说在看到裘天宝银楼重振声名的消息后"不禁令人想起旧上海那些众多的旧银楼"，"银楼在旧上海有着严格的等级，大致分为大同行、新同行、小同行。大同行有裘天宝、费文元、庆云、庆福星、杨庆和、老凤祥、景福、方九霞、宝成等九家，这九家大同行主宰着上海首饰业的发展"。

文中提到的排名第一位的裘天宝银楼，其下设子牌裘天宝德记银楼（1835年成立于南京路383号），由一位经理掌管，他名叫应贤三，大约出生于1879年，长期在银楼业工作，是个宁波人。宁波人这个身份，在银楼业中，几乎带有某种垄断性质。在1937年的相关调查中，上海22家银楼里，17家的经理是宁波人。传统社会的同乡情谊，融合着现代经理人的人事猎头职能，他们习惯于在同乡中奖掖后辈、提拔同乡，他们频繁往返于老家和上海，在遇到婚姻嫁娶这样的大事时，一般也会首先回老家，与同乡通婚。

应贤三有一个女儿名为应杏钿,出生于1912年,后来嫁入了同为宁波人的裘家。杏钿在20世纪30年代做了母亲,又在20世纪50年代做了祖母。大约在60年代,有近十年的时间,她一个人带着小孙女裘索住在宁波。这一段经历,也是后来关于裘索律师所有故事的起点。

在展开这个故事前,还是先说回银楼业大同行、新同行和小同行三个称呼。这三个暗号一般的称呼,头尾相连,折射出一部海上银楼史,从某种意义上说,也是近代上海一百多年的变迁史。

在谢建骁、谢俊美梳理的《海上银楼简史》一书中,可以更清晰地看到上海银楼业大、新、小三个同行所指的具体范围。

根据史料记载,上海第一家银楼是设在南市大东门花园弄的庆云甡记银楼,开办于清乾隆四十八年(1783年),裘天宝银楼于道光十年(1830年)开设。甲午战争前,上海银楼大多集中在大小东门一带,且一个母牌可以分出两个子牌(分号)组成同行。

日本挑起甲午战争后,清政府为了筹措军费,先行商借,上海银楼遵旨借银万两。次年和议告成,借款发还,银楼业遂以此款在大东门花园弄购地建造银楼公所。光绪二十二年（1896年）公所落成，取名同义堂（俗称九牌大同行），此为上海历史上第一个银楼业组织。所谓大同行的名称，即由此而来。

第一次鸦片战争后，随着上海租界的设立，以及随之商业中心北移和苏州河北岸沿线商业点的出现，银楼业逐渐北移，或开设分号，或径直迁入租界内营业。清朝末年，迁址和开设于今天的南京路、金陵路、福建路、四川路、江西路、河南路、浙江路的银楼多达40多家，著名的有杨庆和发记、老源泰等。1911年到第一次世界大战期间，因金价大涨，外汇低落，上海银楼如雨后春笋般建立起来，一时沪上银楼多达400余家，著名的裘天宝、方九霞、庆云德记、老凤祥、新凤祥等先后移址租界内营业。银楼业内除了同义堂，又出现了第二个银楼业组织，自称新同行，又叫凝仁组。其他未加入大同行和新同行的银楼，组成一个仁义堂，自称小同行，即上海银楼业内第三个组织。三组各自运营，互相支撑，互相竞争。1930年，根据上海市同业公会法，大同行改称上海市银楼业同业公会。1947年，其余两组银楼业都加入银楼业同业公会，设立理事会，并在泗泾路新泰大楼设址办公。在旧日的上海，同业公会不仅仅是同行们切磋技艺的组织，也承担了几乎半个政府的职能。银楼业公会不仅下设工人俱乐部，为中共秘密融资，还设有银楼小学和英文补习学校。

在这样一个大型组织中，谁能成为它的负责人？

一份1931年7月31日的上海市同业公会情况表显示，当时银楼业同业公会的代表人为费云荪，还有一位，正是应贤三。

这意味着，应贤三已经不仅仅是一家大银楼的经理，也是同行同业公认的翘楚。作为这样一个头面人物的女儿，是一种怎么样的感受呢。在一张应贤三六十周岁家庭宴会上拍摄的照片里，可以看到当时这一家人的生活状况：坐在最中间的应贤三，穿着绸缎长袍马褂和布鞋，神色自信儒雅。后排站着的其他男士，一律穿黑色长衫。应贤三边上的年轻女士，已经有时髦的烫发和短发，旗袍下穿着的也不仅仅是布鞋，还有西式皮鞋。宁波传统的家族规矩，体现在照片的座位排序上；上海新式的生活理念，又体现在大家的穿戴细节上。

许多年后，应贤三的女儿杏钿，已经是年迈的阿娘（祖母），在独处时她告诉孙女裘索，当自己在宁波出嫁到裘家时，送嫁的队伍何等风光，"十里红妆"，热闹了整个宁波裘墅（今属宁波江北区）。对着家宴合影，完全可

说宁波话的上海人 —— 166

应贤三六十大寿时全家福（裘索提供）

以想象得出，在父亲事业鼎盛期出嫁的女儿的送嫁规格。

小家庭内，这是一个来沪打拼的宁波人的高光时刻。银楼生意良好，不仅出售金银首饰，也兼顾藏富于民的功能。有感于时局的变化不宁，人们更愿意以金条作为硬通货。这是一把双刃剑。一方面，为银楼业从业者，带来收益，但另一方面，其实覆巢之下无完卵的危机始终存在。就在应贤三担任大同行代表人的同一时段，1931年，也是中共取得第二次反围剿胜利的1931年，是九一八事变发生的1931年，在多事之秋，上海的商人们关注着每日的盈利，他们可以通过个人的勤奋创造财富，但对大时代的变化，却无能为力。

应杏钿的丈夫裘为泉家，也和当时无数宁波家庭一样，在上海和宁波两边同时发展。裘家在上海拥有一家做南北货的信大油行（位于北京东路至南京东路之间的河南路上），在宁波有田地房产。裘家祖上做过国学生。在宁波读书长大，后来曾在北大执教的全国政协委员、古文字学家裘锡圭也是出自这一族。几乎像回应某种召唤一样，如今裘锡圭也在上海生活，并在复旦大学任教。

进入近现代，裘家和许多宁波人一样，他们往返于沪甬两地经商。可不管做生意的人如何勤俭持家、勉力

裘索与祖母和儿子（裘索提供）

工作、教育子孙,战争已经从遥远的东三省影响到上海。裘家的生意被时局影响,加之应杏钿的丈夫裘为泉生了一场大病,不能再继续操劳。纷乱之中,小家庭,又回到了宁波。

对当时生活在上海的大部分移民一代和二代来说,这似乎是很自然而然的决定。当时生活在上海的大部分移民对身份的认同是双重的。对大部分人来说,关于内心的故乡,第一是祖籍,第二才是上海。尤其当外界一旦发生变化,天灾人祸降临,多数宁波人寻求安全庇护的第一也是唯一选择,就是返回故里。"一个外国人在1900年《上海贸易报告》中说:'在半个月左右的时间里,有大批宁波人离开上海。那些看到过日复一日驶往宁波和沿河港口的拥挤不堪的轮船的人,无不对此存有难以磨灭的印象。'"[1]

大时代的波涛汹涌,人力不可阻挡,面对无从应对的局面,唯有故乡,才是人们生计和心灵的避难所。回到宁波后,应杏钿靠着娘家的支持,维系着小家庭的生活。她本来衣食无缺的儿子,不得不早早离开学堂,沿着前辈的足迹,从宁波到上海谋生。后来儿子在上海立足成家,陆

---

[1] 李瑊:《上海的宁波人》,上海人民出版社2000年版,第276页

续添了孩子,当生到最小的孙女裘索时,恰逢三年困难时期末期。留在宁波的阿娘,把这最小的孙女从上海接到了身边。

裘索的整个童年,是在阿娘身边度过的。

裘索未满 5 个月就被送到宁波,开口语是宁波话,接受的规矩和受到的熏陶都是宁波传统的一套。裘索会走路时,就每天早上替阿娘去厨房点一支大红鹰纸烟。香烟袅袅的时候,她们一老一小相依为命,聊天做伴。昔日属于阿娘家的漂亮大房子被收走了,穿金戴银的生活也结束了。有时裘索会去周边的小学操场玩。要到很久以后,她才知道,这座小学当时的用房,就是阿爷家从前的祠堂。

但阿娘不提这些。即便两人生活困顿,只能住在原先长工住的朝北的平房里。在裘索的记忆里,阿娘永远腰板笔直,肘不过肩。她要求孙女写字横平竖直,吃饭要细嚼慢咽,靠着娘家的接济,支撑起一个支离破碎的后来被称作工商业兼地主的家。阿娘一手绝好的手工,为裘索缝制漂亮的小枕套。每一晚,裘索躺在这枕套上入眠。有阿娘在,裘索觉得自己什么都不缺。要到成年之后,她才能理解,祖母也有黯然无奈、临窗独坐的时刻。那时,在她食指与中指间夹着的,正是那个年代最为廉

风吹梧桐树,每一片叶子翻动,树根却不动,只默默扎根土中(赖鑫琳/摄)

价的大红鹰纸烟。

直到上小学后,裘索才回到上海父母身边。20世纪90年代初,从法律系毕业的裘索辞去安稳的司法局的工作,赴日本早稻田大学攻读商法专业,主攻公司重组。毕业后,她进入日本知名律师事务所工作。1998年,她被日本法务大臣认可,授予外国法事务律师资格,成为第一位可以以律师身份在日本执业、为该国企业和个人提供有关中国法律服务的中国女律师。世纪之交,她回到上海,成为锦天城律师事务所高级合伙人。当成为律师的裘索事业蒸蒸日上在上海购买一栋别墅时,别人的赞叹是:"哇,你竟买下了别墅",而当时已经年过九旬的祖母到上海来看了看,轻轻说了声:"嗯,我们终于住回别墅了。"

一个"回"字,概括了这位出身于上海银楼业翘楚应贤三家的大小姐的一生。她近百年的人生,见证了上海的两种风景。一头是她的父亲,应贤三为代表的宁波移民,在上海银楼业创造的辉煌;一头是她的孙女,裘索为代表的宁波籍海归律师,见证改革开放后上海经济的腾飞。而在这两片风景中间,如同隧道一般,幽暗不明的漫长时段里,她用她的全部人生经验,诠释了一个宁波人面对命运起伏的态度,她的要强、宽容、体面和仁爱,为裘索日后的生活定了调。

春风重新回到上海。裘天宝的名字和银楼的故事回到上海,外商看好这城市。一切恍若从未远离。一切又宛如在冥冥之中,有一种奇妙的命运的延续性。

回到上海执业20年,裘索的客户始终以涉外企业为主,她为企业提供投资方案设计,进行经营风险控制,做着自己熟悉的企业兼并、企业清算和知识产权保护的法律工作。渐渐地,裘索发现了变化:几年前,裘索手里的案源几乎全部是外商来中国投资,但近年来,她承办的中国企业到国外兴办企业、收购或参股国外公司、购买资产和专利权等案件数逐年上升。"我不仅是上海发展的见证者,而且成了参与者。"裘索深感自豪。

她享受着这种投入的感觉,也用一己之力尽量推动着上海企业走出去。在她的案头,是一沓最新的资料——一家上海民营投资机构找到裘索,希望她提供专业法律服务,帮助企业在日本收购一家上市公司。"中国企业的实力不断增强,走出去的步伐越来越快,对涉外商务律师的要求也水涨船高。"除了学习法律业务,裘索还不断更新投资、国际贸易、金融、税务等领域的知识。她担任上海市政协委员,是全国三八红旗手、全国优秀律师,她成为

苟日新，日日新，又日新（赖鑫琳／摄）

从娘楼里走出的大小姐

多所大学法律学院的客座教授,并得到中国国际经济贸易仲裁委员会仲裁员身份。这意味着她得到了行家的认可。

但在她内心,最大的认可,来自阿娘。

阿娘人生最后一段日子,裘索曾把她从宁波接到上海。那时裘索的儿子还在学龄前,阿娘已经年过九旬。有时裘索看着一老一小一起在花园里走动的身影,内心涌动着对岁月的感恩。虽然从未见过应贤三,但通过阿娘的讲述,这位前辈奋楫者先的身影,一直在她的生命里,如灯塔一样,照耀她前行。

现在是她站上舞台的时候了。

为了补偿阿娘吃过的苦,裘索刻意让阿娘享用了上海许多饭馆、珠宝店、影楼、美容院的服务。裘索笑着说阿娘一定刷新了这些商铺接待的客人的年龄纪录。阿娘回宁波后,在 99 岁高寿时去世,裘索带着家人赶回宁波裘墅。这个曾见证她整个童年的地方,曾见证阿娘受苦受辱的地方,曾经让她们觉得无能为力不能改变自己境遇的地方,现在也发展变化了许多。许多只有祖孙俩才知道的故事,此后只归于裘索一个人,她将带着两个人共同拥有的回忆,继续生活。

在阿娘的墓碑前,她再一次为阿娘点燃大红鹰。

祖辈、父辈和裘索自己的童年，都习惯于频频往返于宁波和上海。上海和宁波是他们天然认同的故乡。从这双重身份出发，在大时代的波涛里，个体的生命轨迹会不断呼应支持。

　　世纪之交，在几乎绕了大半个地球后，裘索在美国纽约生下孩子。当时照顾她的，是裘索祖父裘为泉的兄弟裘为金。裘为金也曾经在裘天宝德记银楼任高级管理员，掌管金库钥匙，后来移居美国开了一家饭店。宁波、上海、银楼这些元素，又在大洋彼岸奇妙地结成一个组合。在坐月子的阶段，裘索在美国天天吃的，还是老宁波老法里专供产妇吃的红糖面条。

　　以后对裘索的孩子和后代来说，与宁波可能不会再有这样密切的物理上的联系。应贤三走出家乡宁波，来到上海发展打拼，应贤三的女儿又把裘索从上海带回宁波养大，然后送她前往更远的日本深造学习。如今轮到裘索走出宁波在上海工作发展，再送儿子去美国学习新知。一次次回归与出发，让人们越走越远，眼界能越来越宽广，和世界更同步，但最终像一根风筝的线一样，支持他们应对人生中每一次考验的，是来自家族核心的坚韧。

　　每一种成就，都源于历史和个人的双重因素。如同春天花开,需要春暖的环境,也需要花的努力。有时要度过漫长的雨季,那也不要紧,花的种子也在地下默默积攒力量。时间本身,带有一种无情,但超越时间,其实世间万事万物,都彼此奇妙地呼应。

图书在版编目（CIP）数据

说宁波话的上海人 / 沈轶伦著 . —— 宁波：宁波出版社，2021.10
ISBN 978-7-5526-4376-3

Ⅰ.①说… Ⅱ.①沈… Ⅲ.①随笔—作品集—中国—当代 Ⅳ.① I267.1

中国版本图书馆 CIP 数据核字（2021）第 183575 号

SHUO NINGBOHUA DE SHANGHAIREN
说宁波话的上海人

沈轶伦 · 著

责任编辑	苗梁婕
责任校对	秦梦媛　陈　钰
装帧设计	金字斋
出版发行	宁波出版社

（宁波市甬江大道 1 号宁波书城 8 号楼 6 楼　邮编　315040）

网　　址	http://www.nbcbs.com
印　　刷	宁波白云印刷有限公司
开　　本	889mm×1194mm　1/32
印　　张	6
字　　数	100 千
版　　次	2021 年 10 月第 1 版
印　　次	2021 年 10 月第 1 次印刷
标准书号	ISBN 978-7-5526-4376-3
定　　价	52.00 元

（如发现缺页或倒装，影响阅读，请与出版社联系调换　电话：0574-87341015）